로베르 선생님의
세 번째 복수

이야기바다 시리즈 03

로베르 선생님의 세 번째 복수

2023년 5월 15일 초판 1쇄 ‖ 2023년 10월 16일 초판 2쇄

글 장 클로드 무를르바 ‖ 그림 베아트리체 알레마냐 ‖ 옮김 윤미연
편집 정은주, 유순원, 이루리 ‖ 디자인 양태종, 이향령 ‖ 마케팅 신유정, 정용수
펴낸이 이순영 ‖ 펴낸곳 북극곰 ‖ 출판등록 2009년 6월 25일 (제300-2009-73호)
주소 서울시 마포구 독막로 320 B106호 ‖ 전화 02-359-5220 ‖ 팩스 02-359-5221
이메일 bookgoodcome@gmail.com ‖ 홈페이지 www.bookgoodcome.com
ISBN 979-11-6588-286-0 44860 | 979-11-6588-199-3 (세트) ‖ 값 15,000원

LA TROISIEME VENGEANCE DE ROBERT POUTIFARD
by Jean-Claude Mourlevat, illusrated by Béatrice Alemagna © Gallimard Jeunesse, 2004
Korean translation © Bookgoodcome, 2023

KC 제품명 : 도서 | 제조자명 : 북극곰 | 제조국명 : 대한민국 | 사용연령 : 8세 이상
주의! 책 모서리가 날카로우니, 던지거나 떨어뜨려 다치지 않도록 주의하세요.

로베르 선생님의
세 번째 복수

장 클로드 무를르바 글

베아트리체 알레마냐 그림

윤미연 옮김

북극곰

◇

차례

우리에게 읽는 법을 가르쳐 주신 모든 선생님들께
이 코미디를 바칩니다.
그리고 약속한 대로 브르타뉴 앞바다의 아름다운 섬 '벨일'에서
여름 방학을 보낸 옥타브, 루이자, 엠마, 콜린에게도.

장 클로드 무를르바

1

아주 감동적인 작별

1999년 6월 29일 오후 4시 45분, 오랜 역사와 전통을 자랑하는 도토리 초등학교의 교무실에서 아주 즐거운 파티가 열렸다. 4학년 학급 담임 로베르 푸티파르가 정년퇴직하게 되어 동료 교사들이 기어코 술과 선물을 준비해 송별회를 열어 준 것이다.

제일 먼저 땅딸막한 키에 항상 근엄한 표정인 장드르 교장이 입을 열었다. 그는 모두 조용히 하라는 뜻으로 박수를 한번 탁 치고 나서 연설을 시작했다.

"친애하는 로베르, 격의 없이 '로베르'라고 불러도 되겠지요? 로베르 선생님, 당신의 이름은 우리 학교에 길이길이 남을 겁니다. 당신은 무려… 37년이나 우리 학교에서 아이들을 가르쳤으니까요!"

'사실, 악몽 같은 37년이었지….'

로베르 푸티파르는 아무도 듣지 못하도록 이 사이로 웅얼거렸다.

"당신은 한번도 선생님이라는 직업을 그만둘 생각을 하지 않았습니다. 단 한빈도 우리 학교를 떠날 생각을 하지 않았지요…."

'천만에! 난 사실 밤마다 떠날 생각만 했어, 37년 동안 매일 밤….'

"우리 학교 졸업생들은 활기차고 매사에 적극적이었던 그 젊은 선생님을 아직도 기억하고 있습니다. 당신은 우리 학교에 부임한 그 순간부터…."

"…떠나고 싶어 했지."

로베르는 아주 작은 목소리로 들리지 않게 교장의 말을 이어받았다.

"로베르, 당신은 교육자로서의 자질뿐만 아니라…."

로베르의 귀에는 더 이상 교장의 연설이 들리지 않았다. 겉으로는 분위기에 맞춰 미소 띤 얼굴로 흡족해하는 표정을 지으려 애썼지만, 머릿속은 온통 딴생각이었다. 그의 눈길마저 열린 창문 너머 운동장에서 바스락거리는 커다란 도토리 나무 쪽으로 자꾸만 달아나고 있었다.

'이제 한 시간만 더 버티면 된다. 60분만 지나면 모든 게 다 끝이야.'

이런 생각으로 마음을 달래고 있는데, 갑자기 터져 나온 박수 소리에 로베르는 너무 놀라 펄쩍 뛸 뻔했다. 교장이 연설을 마무리하고 있었다.

"…그리고 이런 말 하는 게 약간 낯간지럽지만, 로베르, 우리는 당신이 그리울 겁니다. 물론 아이들도 당신을 그리워할 테고요…."

'하지만 나는 그 애들이 날 그리워하게 내버려 둘 생각이 전혀 없어!'

로베르 푸티파르는 속으로 토를 달았다.

그때, 4학년 여학생 두 명이 로베르에게 다가왔다. 첫 번째 아이가 거의 자기 키만큼이나 커다란 꽃다발을 그에게 건네주었다.

"고맙구나, 정말 근사한 꽃다발이야!"

푸티파르는 이렇게 말했지만, 마음속으론 '집으로 가는 길에 대형 쓰레기통이 있는 곳에 들렀다 가야겠군….'이라고 생각했다.

두 번째 아이가 반 아이들이 미리 준비한 송별사를 부지런히 읽기 시작했다.

"푸티파르 선생님은 저희에게 수학과 철자법과 생물을 가르쳐 주셨습니다. 언제나 참을성 있고, 언제나 자상하신…."

'… 그 선생님은 지겨워서 하마터면 돌아가실 뻔했습니다!'

푸티파르는 속으로 그다음 말을 이어받았다.

땅꼬마 여자아이가 계속 말했다.

"… 선생님은 평생 동안 저희를 위해 헌신하셨습니다. 푸티파르 선생님, 정말 고맙습니다. 저희를 위해 그토록 열심히 가르쳐주셔서. 백 년이 지나도, 천 년이 지나도 저희는 선생님을 절대로 잊지 않겠습니다."

"오, 정말 멋지구나! 정말 멋져!"

교장이 감탄했다.

참석한 모든 사람이 헌사를 마치고 우아하게 인사하며 함박웃음 짓는 여자아이에게 박수갈채를 보냈다. 그 와중에도 푸티파르는 속으로 이렇게 말했다.

'나도 너희를 절대로 잊지 않을 거야. 날 믿어….'

이어서, 3학년 담임인 금발의 아리따운 애녀렐 선생이 동료 교사들을 대표해 퇴직자에게 선물을 건넸다. 그 선물은 의례적인 것으로 고급스러운 상자 안에 담긴 멋진 금장 만년필이었다. 애녀렐 선생도 간단한 작별인사를 준비했지만, 턱이 덜덜 떨려 한마디도 하지 못했다. 그녀는 볼 키스를 나누기 위해 한껏 까치발을 디디며, 자기 쪽으로 반쯤 몸을 굽혀 주는 푸티파르의 뺨에 간신히 입을 맞추었다. 푸티파르가 이 송별 파티에서 진심으로 감동을 느낀 건 바로 그 순간뿐이었다.

"고마워요, 클로딘."

그는 그녀 혼자만 들리게 나지막이 속삭이고 나서, 모두를 향해 큰 소리로 되풀이했다.

"고맙습니다, 모두들 고마워요…. 저는 정말 감동받았습니다. 여러분이 보여 준 친절에 진심으로 감사드립니다."

"그 만년필로 학교에서의 추억들을 되살려 쓰면 좋겠군요!"

교장이 농담하듯 말했다.

'그래, 하나도 빠짐없이 기억하고 있지. 하지만 그 기억들은 다른 데 쓸 일이 있어….'

푸티파르는 속으로 이렇게 말하고는, 윗옷 주머니에 만년필을 집어넣었다.

파티가 끝나갈 무렵 모두가 미니 토마토피자와 마른과자를 조금씩 깨작거리며 샴페인 두 병을 나눠 마셨다. 푸티파르가 직접 나서서 동료 교사들에게 술을 따라 주었다. 그렇게 하며 그는 마음을 차분히 가라앉혔으며, 이런 상황에서는 도대체 어디다 둬야 할지 알 수 없는 그 기다란 두 팔도 자연스레 처리할 수 있었다. 이제 30분만 더 있으면, 20분만…. 그는 스스로를 다독였다. 하지만 사람들의 쓸데없는 이야기에 짜증이

났다. 늘 똑같은 질문!

"로베르, 이제 뭘 하며 지낼 건가?"

"지겹지 않겠어?"

"아무래도 기분이 묘하겠지?"

"가끔 우릴 보러 올 거지?"

푸티파르에겐 앞으로 몇 달 동안 뭘 할지 이미 계획이 서 있어서, 지루할 틈이 전혀 없다! 다만, 그 계획이 뭔지 이 자리에서 밝힐 수 없을 뿐.

오후 6시 무렵이 되자, 마침내 사람들은 서로 헤어지기 전에 방학 잘 보내라는 인사를 나누기 시작했다. 이제 10분 남았다, 이제 5분…. 푸티파르는 초조하게 마음을 졸이며 사람들과 마지막 악수와 볼 키스를 나누었다. 6시 15분. 그는 파티로 어지럽혀진 교무실을 정돈하는 청소부들을 조금 도와준 뒤, 혼자서 텅 빈 학교를 나섰다. 37년 동안 거닐었던 운동장, 서른일곱 번 꽃을 피우고 서른일곱 번 잎이 지는 걸 지켜보았던 큰 도토리나무들, 칙칙한 잿빛 건물 벽, 그리고 저 위쪽으로 커튼이 쳐진 3층의 자기 반 교실 창문들을 마지막으로 쳐다보았다. 그리고는 그 모든 것에서 등을 돌리고, 거대한 꽃다

발을 거추장스러워하며 자신의 노란색 낡은 시트로엥 2CV*
가 기다리고 있는 주차장으로 걸어갔다. 그는 운전석에 앉아
키를 꽂고 시동을 걸었다. 언제나처럼 와이퍼가 저절로 움직
이기 시작했다. 그것들을 멈추게 하려고 계기판을 주먹으로
한 번 쾅 내리쳤다. 그리고는 도로 아래 강가에 있는 대형 쓰
레기통까지 걸어가서, 내려다보는 사람이 없는지 확인하고
는 그 어마어마한 꽃다발을 미련 없이 쓰레기통에 처박았다.
그리고 갑자기 결심한 듯, 37년 동안 자신의 오른손에 매달
려 있던 무두질된 낡은 가죽 가방을 뒷좌석에서 잡아채어 쓰
레기통으로 되돌아왔다. 푸티파르는 단 5초도 망설이지 않았
다. 그 가방은 곧바로 생활 쓰레기와 악취 풍기는 음식물 쓰
레기 더미 한가운데에서 꽃다발과 다시 만났다. 그는 최대한
깊숙이 그 가방을 쑤셔 박고는, 쓰레기통 뚜껑을 탁 소리가
나게 닫은 뒤, 두 손을 비볐다. 휴, 속이 후련하다!

　그는 둑을 따라 올라와 도로로 다시 나와 걷다가 신호등에
서 왼쪽으로 빠졌다. 2분 뒤, 그의 차는 강베타 대로에 들어
섰다. 이윽고 80번지에서 차를 세웠다. 연철 발코니들이 마

---

*시트로엥 2CV : 1948부터 1990년까지 약 42년간 판매한 프랑스 국민 자동차.

로니에 나무가 늘어선 길 건너편의 공원을 향해 있는, 20세기 초에 지어진 중후한 분위기의 부르주아식 건물 앞이었다. 그는 반들거리는 나무 계단을 숨을 헐떡이며 올라가 마침내 4층에 도착했다. 로베르 푸티파르는 이 넓은 아파트에서 태어나 거의 60년째 여기서 계속 살고 있었다.

푸티파르는 현관의 외투 걸이에 웃옷을 걸고 나서, 거실을 지나 부엌으로 가 위스키 한 잔에 얼음 두 조각을 빠뜨린 다음 정성스럽게 흔든 뒤 한 모금 마셨다. 그리고 손에 술잔을 든 채로 137킬로그램 거구의 몸을 조금 조잡해 보이는 커다란 꽃무늬 소파에 털썩 내려놓았다. 행복한 한숨을 아주 크게 후유 하고 내쉬었다. 마침내! 마침… 내!

"왔니?"

멀리서 가볍게 떨리는 목소리가 그에게 말했다.

"응, 엄마. 다녀왔어."

"그래, 이제 확실히 끝낸 거니?"

"응, 엄마. 다 끝났어."

"이리로 오겠니?"

푸티파르는 몸을 일으켜 직물 벽지를 바른 양쪽 벽 사이로 어두운 복도를 따라 걸어갔다. 복도 끝 방문이 여느 때처럼 빼꼼히 열려 있었다. 문을 밀고 들어가자, 침대에 누운 어머니가 아들을 향해 미소 지었다. 그녀는 장밋빛 베개를 베고 누운 채로, 기다란 두 팔을 레이스 달린 잠옷 소매 밖으로 비죽 내밀고 있었다. 푸티파르 부인은 또래의 여자치고는 키가 무척 컸다. 발이 침대 끝 주물 장식에 거의 닿을 정도였다. 그녀의 아들이 그녀 곁에 와서 앉았다.

"아, 로베르," 그녀가 한숨을 내쉬며 말했다. "내가 기력이 조금만 있었어도, 적어도 몸을 일으킬 수만 있었더라도 널 도와줬을 텐데… 이 엄마한테 전부 말해 줄 거지?"

푸티파르는 침대 시트 위에 놓인 주름진 아름다운 손을 살며시 잡고 거기에 입을 맞추었다.

"전부 다, 엄마. 하나도 빠뜨리지 않고 다 말해 줄게. 이제 좀 쉬어. 수프를 끓여 올게. 오늘 저녁 디저트는 콩포트*가 좋겠어? 아님 비스킷을 드실래?"

"콩포트가 좋겠다…. 아, 로베르, 내가 널 성가시게 하는구나…."

그는 어머니에게 다정하게 미소 지으며 말했다.

"무슨 말이야, 엄마, 절대 그렇지 않아…."

---

* 콩포트 : 과일을 설탕에 졸여 만든 요리로 따뜻하거나 차갑게 먹는 프랑스 전통 디저트

침대 머리맡 탁자에는 틀니가 담겨진 유리컵 옆에 나무 액자가 있었다. 액자 속에는 대머리에 콧수염을 기른 뚱뚱한 남자가 인자한 눈길로 두 사람을 지켜보고 있었다. 그는 눈빛으로 그들을 다독이는 것처럼 보였다.

"보렴, 네 아버지는 우리와 함께 있어. 우리를 도와줄 거야."

그날 밤, 푸티파르는 흥분되어 잠을 이룰 수가 없었다. 새벽 2시경에 잠에서 깨어 자리에서 일어났다. 그는 복도 벽의 전등을 켜기 전에, 맞은편 방문에 귀를 기울였다. 노부인의 규칙적인 숨소리에 안심하고는 복도를 따라 걸어갔다. 카펫이 깔려 있는데도 마룻바닥은 그의 몸무게에 짓눌려 삐걱거리는 소리를 냈다. 푸티파르는 잠옷 바람으로 거실 옆의 서재로 살며시 들어갔다. 그의 몸무게에 맞춰 튼튼하게 특별 제작한 발 받침대 위에 올라가 제일 높은 선반에서 두 개의 종이 상자를 내렸다. 검은색 수성 펜으로 하나에는 〈학급 사진〉이라고, 다른 하나에는 〈신상 기록 카드〉라고 적혀 있었다. 로베르는 첫 번째 상자를 열어 서른일곱 장의 사진을 꺼냈다. 한 장도 모자라지 않았다.

제일 오래된 사진은 그가 교직에 처음 몸담은 해인 1962년에 찍은 것이고, 가장 최근 사진은 올해 4월에 찍은 것이었다. 첫 다섯 장은 흑백 사진이고, 그다음부터는 전부 칼라 사진이었다. 그는 사진들을 하나하나 주의 깊게 살펴보았다. 사진 속 자신의 모습을 바라보며, 해가 갈수록 몸매가 얼마나 볼품없이 망가졌는지 확인했다. 머리칼도 조금씩 빠져서 마흔 살로 접어든 1980년대 사진에는 거의 대머리가 되어 있었다. 많은 사진 속 아이들은 열 살이나 열한 살의 초등학교 4학년이었다. 그러니까 한 해, 한 해, 해를 넘겨도 버르장머리 없이 어리고 젊다고 으스대고 있는 아이들 틈에서 그만 홀로 서서히 늙어가고 있었다! 그것만이 아니었다. 대부분의 학생들이 카메라를 향해 초롱초롱 빛나는 미소를 보내고 있는 반면, 서른일곱 장 가운데 자신이 미소 짓고 있는 사진은 단 한 장도 없다는 사실도 알아차렸다.

"그래, 웃어라, 웃어. 마음껏 웃어…. 이제 곧, 더는 그렇게 웃을 수 없을 테니까…."

푸티파르는 이를 악물며 말했다.

다음 날 날이 밝자마자, 더 편하게 펼쳐 보려고 사진들과 신상 기록 카드들을 부엌의 커다란 확장형 식탁으로 가져갔다. 식탁 아래 보조 상판을 빼내려 하자, 끼이익 하는 끔찍한 소리가 났다. 그걸 마지막으로 사용했던 때가 언제였는지 생각해 보았다.

아빠가 돌아가시기 전이었어. 그때만 해도 우린 가끔씩 친구들을 초대했지….

그러니까 그게 벌써 30년 전이로군….

그 기억을 떠올리자 푸티파르는 우울하고 괴로우면서도 한편으로 마음이 따뜻해졌다. 아무도 찾아오지 않은 30년, 엄마와 단둘이서만 보낸 30년…. 어느 게 더 나았을까? 사흘 동안 그는 때때로 돋보기의 도움을 받아 가며 사진들을 살피고 또 살펴보았다. 자신이 기록해 놓은 신상 카드들도 다시 읽어 보았다. 그러면서 스프링 노트에다 이름, 날짜 등을 휘갈겨 쓰고, 거기에 설명을 덧붙이고 각주를 달았다. 어떤 것은 줄을 그어 정정하거나 완전히 삭제하기도 하고, 특별히 강조할 건 별표나 화살표를 달며 비교 분석했다. 그 일을 하면서도 틈틈이 어머니 방으로 가서, 그 옛날 아버지가 부드러운 천을 덧씌워 만든 폭신한 일인용 안락의자에 앉아 잠시 엄마의 말동무가 되어 주곤 했다.

"그래, 어떻게 되어 가고 있니?"

어머니가 물었다.

그는 망설여지거나 의심 가는 부분은 어머니에게 말하고 조언을 구했다. 그렇게 하면서 약간의 위안도 느꼈다. 왜냐하면 그 끔찍한 기억들을 끌어모아 꼼꼼하게 다시 들여다보며 되살려 내야 하는 작업은 지독히 고통스러웠기 때문이다.

첫째 날, 두 사람은 함께 서른두 명의 아이를 골라 명단을 만들었다.

둘째 날, 그중 스무 명은 삭제하고 열두 명만 남겼다.

셋째 날, 푸티파르 부인은 아들이 혼자 작업을 끝내도록 내버려 두었다.

"결국 이건 네 문제야."

푸티파르 부인이 설명했다.

그렇게 해서 1999년 7월 2일부터 시작해 사흘째 되던 밤, 늦은 시각에 로베르 푸티파르는 세 명, 아니 정확히 말하면 네 명을 최종 선택했다. 그는 스프링 노트의 한 페이지에 정성스럽게 그 이름을 적었다.

피에르 이브 르캥

66~67년도 4학년, 10살

크리스텔 기요와 나탈리 기요

77~78년도 4학년, 11살

오드리 마스크푸알

87~88년도 4학년, 11살

"자, 내 꼬마 친구들… 이제 슬슬 시작해 볼까…."

푸티파르는 이렇게 중얼거리고는, 노트 표지에 커다랗게 이렇게 썼다.

로베르 푸티파르
복수 노트

푸티파르 혼자서 모두 다 상대할 수 없었기에 (그러자면 남은 생을 다 바쳐도 모자랄 터였다) 신중하게 몇 명만 골라서 집중하는 편이 나았다. 그렇게 선택된 몇 명은 다른 모든 아이들의 몫까지 대가를 치를 것이다. 그것도 엄청난 대가를!

새벽 3시 30분이었다. 강베타 대로 위로 오토바이가 지나갔다. 부르릉거리는 오토바이 소리가 차츰 멀어지다가 마침내 사라졌다. 다시 정적이 찾아왔다. 복도 끝에 빼꼼히 열린 문을 통해 늙은 어머니가 나지막하게 코 고는 소리만 들릴 뿐이었다.

2

불행한 어린 시절과 힘든 교사 생활

로베르 푸티파르가 아이를 좋아한 적은 한번도 없었다. 그 자신이 아이였던 먼 옛날에도 그는 아이들이 싫었다. 그럴 만한 이유는 충분했다. 로베르는 유치원부터 초등학교를 졸업할 때까지 8년 동안 단 하루도 빠짐없이 뺨에 생채기가 나거나 다리에 멍이 들거나, 셔츠가 얼룩으로 더럽혀지거나 찢어지거나, 스웨터의 올이 풀려 허리 부분까지 훤히 드러나거나 챙 모자가 너덜너덜하게 뜯어진 채로 집으로 돌아왔다. 겁이 많고 몸도 약한 데다, 키도 다른 아이들보다 머리통 반 정도는 작고, 싸우는 기술을 가르쳐 줄 형도 누나도 없는 아이는 어떻게 자신을 지켜야 할까? 특히 아홉 살 때 최악의 모욕을 당했던 그 끔찍한 날은 지금도 잊을 수 없었다. 맨 궁둥이와 다리를 감추려고 셔츠 자락을 계속 끌어 내리며 학교에서 집까지 그 먼 거리를 걸어가야 했던 그날을. 창피함에 끙끙 앓으면서도 강베타 대로의 집 건물까지 와서 반질반질하게 윤이 나는 나무 계단을 올랐다. 어느 순간, 더 이상 올라가지도 도로 내려가지도 못한 채 두 번째 층계에서 그대로 웅크려 앉았다. 아들의 흐느껴 우는 소리를 들은 어머니가 층계참으로 나와 큰 소리로 외쳤다.

"로베르, 안 올라올 거야? 무슨 일이니? 애들이 네 새 바지를 찢은 모양이구나!"

그는 끔찍한 진실을 말해야만 했다.

"아냐, 엄마. 이번에는 바지를 찢지 않았어. 그 대신에 바지를 벗기더니 감춰 버렸어!"

로베르는 그대로 달려가 엄마 품속으로 뛰어들었다.

엄마는 아들을 쓰다듬으며 위로했다.

"걱정할 것 없어, 우리 아가. 내가 있잖니…. 그 애들은 괴물이야! 정말 못된 괴물들이란다."

로베르는 그 말을 결코 잊지 않았다. 세상에서 가장 소중하고 다정한 엄마가 그렇다면 그런 것이다. 절대 의심해서는 안 된다. 그 애들은 분명히 괴물이었다.

다음 날, 큰 키에 우람한 몸집의 푸티파르 부인은 교장 앞에 우뚝 서서 감정에 복받쳐 떨리는 목소리로 말했다.

"교장 선생님, 이번에는 그 애들이 해도 너무했어요! 한번 생각해 보세요, 내 아들이…."

"압니다, 알아요." 교장이 그녀의 말을 잘랐다. "아드님의 친구들이…."

"친구들? 우리 로베르가 맨 궁둥이를 내놓고 시내를 걸어 오게 만든 그 애들을 친구라고 부르는 겁니까? 당장 반을 옮겨 주세요. 그러지 않으면 바로 내일 우리 애를 다른 학교로 전학시키겠어요!"

"푸티파르 부인," 교장이 한숨을 내쉬며 말했다. "로베르는 이미 세 번이나 학교를 옮겼고, 반도 거의 열 번 넘게 바꿨습니다. 그런데도 아무 소용이 없어요. 아이들이 아드님을 못살게 들볶지요. 근데, 마치 아이들이 못되게 굴도록 아드님이 약 올리는 것 같다니까요…."

학교에 가지 않는 날인 목요일이면, 푸티파르는 밖에 나가 놀지 않고 엄마와 함께 안전하고 포근한 집 안에 있는 걸 더 좋아했다. 엄마도 그렇게 하라고 부추겼다.

"그래, 그냥 집에 있어, 로베르. 그 애들은 불량배나 깡패나 다름없어. 집에 있으면 아무도 널 괴롭히지 못해. 자, 우리 둘이서 맛있는 체리파이를 만들어 보자꾸나, 좋지?"

그의 아버지가 덧붙여 말했다.

"그래, 맞아. 그거 다하면 나랑 함께 아빠 작업실에 가자. 단추들을 어떻게 다는지 보여 줄게."

아내보다 열다섯 살이 많고, 키가 작고 오동통한 몸집에 콧수염을 기른 아버지 푸티파르 씨는 성격이 시원시원하고 낙천적인 남자였다. 푸티파르 씨의 키가 아내의 가슴 부근 밖에 오지 않았기 때문에, 두 사람이 나란히 서 있는 모습을 볼 때마다 사람들은 재미있다는 듯이 웃어 댔다. 푸티파르 씨는 재단사였다. 그들이 사는 건물 1층에 아주 넓은 그의 작업실이 있었다. 가위들이 찰칵거리고, 옷감들이 사사사삭 소리를 내고, 재봉틀이 돌아가고, 라디오에서는 늘 클래식이 은은하게 흘러나왔다. 푸티파르 씨는 오페라를 무척이나 좋아해서, 콧수염을 움찔움찔하며 아리아를 흥얼거리곤 했다. 뉴스에서 뭔가 재미있거나 우스운 얘기를 들으면 "흥흥"거리는 소리를 낮게 내뱉었다. 이 얼마나 평화로운가! 얼마나 감미로운가! 얼마나 고즈넉한가! 세상의 모든 나쁜 것들은 그 안으로 들어오지 못했다. 그럴 수만 있다면 로베르는 일주일 내내, 일 년 내내, 평생토록 아버지의 작업실 안에서 지냈을 것이다.

하지만 학교만은 어쩔 수 없었다. 더 나쁜 건, 초등학교에는 학생이라고 불리는 이루 말할 수 없이 멍청한 데다 툭하면 싸움질이나 하고 시끄럽게 떠드는 지긋지긋한 작은 원숭이들이 득실거린다는 사실이었다.

중학교로 올라가도 달라진 건 하나도 없었다. 1학년 때도, 2학년으로 올라가서도, 그는 계속 왕따를 당했다. 아이들은 로베르의 책가방을 열 번도 넘게 감추었고, 필통 안에 민달팽이를 넣어 두거나 머리에 잉크를 들이붓고, 자전거 바퀴살에 철사를 꽂아 두고, 간식에는 후춧가루를 뿌리고, 우스꽝스러운 연애편지를 써서 로베르의 사인을 흉내 내어 적고는 로베르 푸티파르가 쓴 거라며 학교에 뿌려 창피를 주었다. 개망나니들의 상상력은 끝이 없어 보였다.

1954년 9월, 중학교 개학식 날 로베르 때문에 한바탕 난리가 난 그날까지 말이다. 로베르는 이제 3학년이고, 곧 열다섯 살이 될 터였다. 대부분의 아이들은 처음에 그를 못 알아봤다.

"정말 너냐?"

반 아이들이 휘둥그레진 눈으로 물었다.

"그럼 누구겠어!"

로베르는 퉁명스럽게 대꾸했다.

여름 방학 동안, 겨우 두 달 만에 로베르는 정확히 24센티미터가 자랐고 몸무게도 32킬로그램이나 불었다. 모든 옷의 치수를 두 번이나 연거푸 바꿔야 했고, 먹는 것도 전에 비해 두 배 더 먹었다. 신기하게도 아이들은 로베르를 전보다 훨씬 덜 괴롭혔다. 그 한 해 동안 그는 계속 키가 자라고 살집도 점점 더 불어났다. 6월 초에는 1미터 91센티미터에 87킬로그램이 되었다. 아이들은 더 이상 로베르를 괴롭히지 않았다.

이제 로베르는 고등학생이었다. 여전히 수줍음 많은 소년이지만, 다른 아이들과 운동장에 서면 머리통 하나가 비죽 솟아 올라올 정도로 키가 컸다. 거기에 살까지 뒤룩뒤룩 쪄서 거대해진 몸집은 처음 얼마간 학교의 구경거리였다. 하지만 곧 아이들도 그 모습에 익숙해졌고, 마침내 로베르에 대한 관심도 시들해졌다.

하지만 로베르 푸티파르는 불행했던 어린 시절을 결코 잊지 않았다. 몇 년 뒤 진로를 결정해야 할 때가 왔을 때, 그는 어린 자신을 그토록 못살게 괴롭혔던 코흘리개들을 마음대로 쥐고 흔들며 복수할 수 있는 유일한 직업을 택하기로 맘먹었다. 마침내, 그는 결심했다. 학교 선생님이 되기로.

로베르는 교생 실습을 나가서는 정말 열심히 최선을 다했다. 마침내 아이들을 이런저런 방식으로 본때를 보여 주고, 벌줄 만반의 준비를 한 채로 초등학교 한 학급 전체를 맡게 될 축복받은 그날을 손꼽아 기다렸다. 아이디어는 차고 넘칠 만큼 많았다. 하지만 마른하늘에 날벼락처럼, 교생 실습이 거의 끝나갈 즈음 도저히 믿을 수 없고 분통 터지는 사실을 알게 되었다. 이제는 선생님이라고 해도 옛날처럼 아이들의 볼기를 때릴 수도, 머리채를 잡고 흔들 수도, 심지어 쇠로 만든 자 위에 무릎을 꿇게 할 수도 없다는 것이었다. 평소에는 숫기라곤 전혀 없는 그가 얼굴이 새빨개지면서도 용기 내어 물었다.

"그럼 귀는요? 귀를 약간 잡아당기는 정도는 괜찮지 않을까요?"

함께 실습 나온 다른 교생들이 폭소를 터뜨렸다. 담당 지도 교사는 비웃듯이 대답했다.

"안 됩니다, 아쉽겠지만 귀도 잡아당겨서는 안 됩니다…."

로베르의 실망은 엄청났다. 하지만 돌이키기에는 때가 너무 늦었다. 그렇게 로베르 푸티파르는 교사가 되었고, 교사로 남았다. 그리고 몇 번이나 미쳐서 돌아가실 뻔했던, 견딜 수 없는 37년이라는 기나긴 세월을 보내게 되었다.

교생 실습이 끝나고 새 학년이 되자마자 그는 도시 반대편 끝에 있는 도토리 초등학교로 첫 발령을 받았다. 낡고 오래된 학교 건물을 보는 순간, 머릿속에 나쁜 기억들이 저절로 떠올랐다. 2학년 때 몇 달 동안 그 학교를 다니다가, 머리 반쪽은 빡빡 깎이고 나머지 반쪽은 빗질로 반듯하게 빗겨진 몰골로 쫓겨나다시피 학교를 그만두었던 기억…. 로베르는 그 학교에 교사로 발령받자마자 출퇴근을 위해 새로 출시된 차, 시트로엥 2CV를 구입했다. 그가 찾아간 자동차 대리점에서 그 기종으로 즉시 출고할 수 있는 차는 딱 한 대밖에 없었다. 그런데 차 색깔이 노란색이었다. 색깔 때문에 난처했을까? 아니, 오히려 노란 색깔이 아주 예쁘다고 생각했다.

로베르는 부모와 함께 강베타 대로의 안락한 아파트에서 계속 살았다. 집에서 나올 이유는 전혀 없었다. 그리고 도토리 초등학교 4학년 중에서도 특별히 말썽꾸러기들을 잔뜩 모아 놓은 학급을 맡게 되었다. 지옥의 시작이었다. 로베르는 반 아이들을 조용히 시킬 수가 없었다. 그 견딜 수 없는 꼬마들은 엄청나게 시끄러운 새된 목소리로 끊임없이 로베르를 자극하며 화나게 했다. 툭하면 깔깔대고, 등 뒤에서 선생님을 놀리고, 잉크에 적신 종이 뭉치로 로베르의 밝은 색 윗옷에 얼룩지게 했다.

물론, 로베르는 반 모든 아이를 싫어했지만, 그중에서도 특히 그가 "시건방진 똑똑이들"이라고 부르는 아이들을 더 미워했다. 그 아이들에 대해서는 일종의 증오심마저 느꼈다. 네 살 때 글을 깨우치고 다섯 살에 로마 숫자를 터득하고, 부르키나파소의 수도가 어딘지, 잠베지 강의 길이가 얼만지를 몇 센티미터까지 주저 없이 척척 대답하는 그런 아이들. 아직도 구구단 8단이 헷갈리는 '푸티파르 선생님'에게 그런 부류의 아이들은 도저히 참을 수 없는 밥맛 같은 존재들이었다.

"선생님, 8×9는 얼마예요?"

로베르 푸티파르가 "구구단도 모른다."는 소문이 학생과 선생들 사이에 빠르게 퍼져 나갔기 때문이다. 어쩌면 그의 뇌에는 구구단을 외우는 데 꼭 필요한 '구구단 신경 세포'가 모자란 건지도 몰랐다. 6단까지는 그래도 괜찮았다. 하지만 그 이상은 머릿속이 엉망진창이 되다가 결국에는 당황해서 아무렇게나 막 내뱉었다. 실력이 들통난 순간, 로베르의 얼굴은 벌겋게 달아올랐다. 아이들은 그 모습을 보며 금방이라도 터질 듯이 치카치카치카거리는 압력솥 소리를 다함께 흉내 냈다. 그러자 로베르의 얼굴빛이 시뻘겋다 못해 완전히 흙빛이 되었고, 결국 자제력을 잃고 말았다.

"조용!" 그가 고함을 질렀다. "당장 조용히 해! 명령이다!"

저녁이면 가끔씩 푸티파르 부인은 아들의 구구단 암기를

도와주었다. 거실에서 신문을 읽고 있는 아버지 푸티파르 씨를 방해하지 않기 위해, 두 사람은 부엌 식탁에 앉았다. 그리고 그들은 차를 마시며 7단, 8단, 9단을 끝없이 되풀이했다. 어머니는 사랑이 가득 담긴 다정한 말투로 아들이 틀릴 때마다 고쳐 주었다.

"아니야, 로베르, 8×8은 112가 아니야…."

그는 틀린 것을 바로잡고 나서 처음부터 다시 시작했다. 하지만 아무 소용이 없었다. 다음 날 아침에도 전날과 다름없이 7×9가 58인지, 127인지, 아니면 840인지 알 수 없는 상태로 처량하게 잠자리에서 일어났다! 하루 일과가 끝날 때쯤이면 몸도 마음도 녹초가 되어 버렸다. 로베르는 화가 머리 끝까지 치민 채 집으로 돌아오곤 했다. 그가 제대로 힘을 쓴다면(이제 그는 키가 1미터 96센티미터에 몸무게는 125킬로그램 가까이 나갔다), 그 지긋지긋한 조무래기 녀석들 쯤이야 손바닥 하나로도 완전히 으스러뜨려놓을 수 있을 터였다. 하지만 그건 금지되어 있었다. 절대 금지. 어렸을 때부터 운동을 싫어했던 그였지만, 이제 저녁마다 대로 건너편의 공원에서 10킬로미터씩 달리기를 시작했다.

"로베르, 그러다가 병나겠다…."

어머니는 마구 엉클어진 머리에 땀을 뚝뚝 흘리고 숨을 헐

떡거리며 돌아오는 아들을 보고 걱정스럽게 말했다.

로베르는 땀을 닦으며 대답했다.

"난 운동이 필요해, 엄마. 운동을 하면 울화통이 풀려. 걱정하지 마세요…."

얼마 지나지 않아 거리를 더 늘려야 했다. 처음엔 15킬로미터를 달리다가 그다음에는 20킬로미터, 또 그다음에는 30킬로미터를 달렸다. 어떤 때는 아무도 없는 공원 오솔길을 새벽 1시까지 계속 달렸다. 옆에서 누군가 달리고 있었더라면, 로베르가 쉬지 않고 중얼중얼 내뱉는 이런 말을 들을 수 있었을 것이다.

"지긋지긋한 녀석들! 버러지 같은 놈들! 내가 본때를 보여 주마…."

그 이후로도 세월이 흘렀지만, 끔찍한 고통은 여전했다. 새로운 학급을 맡을 때마다 그 전의 학급보다 훨씬 더 견디기 어려운 것 같았다.

70년대 초에 아버지 푸티파르 씨의 건강이 갑자기 나빠졌다. 걷기조차 힘들어서 아래층으로 내려갈 수 없었다. 푸티파르 씨는 그때부터 거실에 갇혀 지내며, 나폴레옹에 관한 역사책들을 읽으며 시간을 보냈다. 72년 가을, 그는 완전히 정신이 나갔는지 아침마다 "작업실로 일하러 가야 한다."고 막

무가내로 떼를 썼다.

그의 아내가 타이르듯이 말했다.

"당신은 지금 지쳤어요. 내일 가요…."

15년 전에 이미 일에서 손을 놓았고, 1층에 있던 소중한 작업실은 오래전에 이미 복사 가게가 되어 버렸다는 걸 남편에게 어떻게 설명해야 할까?

"이젠 거의 다 나았어…." 병이 점점 더 깊어갔지만 푸티파르 씨는 그렇게 되풀이해 말했다. "다 나았어… 그리고 얘, 로베르야, 공부는 잘하고 있니?"

"네, 아빠, 아주 잘하고 있어요!"

로베르는 아버지의 건강을 위해 거짓말을 했다.

어느 날 아침, 푸티파르 씨는 이제 몸이 거뜬해졌다고 말하고는 작업실에 내려가 봐야겠다고 한사코 고집을 부렸다. 그는 정말 몸이 다 나은 것 같은 기분이 들었다. 아들과 아내가 억지로 뜯어말리자, 포기하고 대신 다락방을 치우고 거기에 선반들을 달기 시작했다.

그리고, 그날 오후 그는 죽었다.

로베르와 그의 어머니는 엄청나게 슬퍼했다.

"아, 내 아들 로베르," 푸티파르 부인이 울면서 말했다.

"네가 있어서 정말 다행이야…."

"걱정하지 마, 엄마." 그는 어머니를 위로했다. "난 엄마 곁을 절대로 떠나지 않을 거야…."

몇 주 뒤, 로베르는 도토리 초등학교의 3층, 4학년 자신의 반에 들어가다가 그 자리에 그대로 얼어붙었다. 어느 녀석이 검은 칠판에 흰 분필로 아주 굵고 크게 이렇게 써 놓았던 것이다.

'푸티파르는 자기 엄마랑 연애한대요.'

로베르 푸티파르 선생은 할 수 있는 온갖 방법을 동원해 화내고 위협도 해 봤지만, 범인이 누구인지 끝끝내 알아낼 수 없었다. 집으로 돌아와서도 그는 화가 머리끝까지 치밀어, 미쳐 버릴 것 같았다. 아직 머리에 피도 안 마른 녀석들이 어떻게 그토록 잔인하고 못될 수 있을까?

그의 머릿속에 어떤 생각이 번뜩하고 떠오른 건 그다음 날한밤중이었다. 자는 둥 마는 둥하며 밤새 뒤척이던 그가 어느 순간 잠이 싹 달아나 침대에서 벌떡 일어나 앉았다. 하나의 문장이 처참하게 무너진 그의 마음에 한 줄기 빛을 환하게 밝혀 주었다.

복수를 해 주마!

그는 엄청나게 흥분해서 뜬눈으로 밤을 새웠다. 때가 올 때까지 기다리겠어, 그는 생각했다. 내가 하고 싶은 대로 마음껏 복수하기 위해 퇴직하는 그날까지 어떻게든 참고 기다리겠어, 그 악마 같은 조무래기 녀석들을 화끈하게 손봐 주겠어! 나는 복수할 거야! 나의 밤과 낮을 온통 거기에 바칠 거야. 평생 모은 돈도 필요하다면 모조리 거기에 쏟아부을 거야. 그 녀석들이 우리 집에서 세 구역 떨어진 곳에 있든, 오스트레일리아 사막 한복판에 있든, 그놈들이 있는 곳이라면 세상 끝까지라도 쫓아갈 거야, 내가 세상에서 제일 사랑하는 엄마의 목숨을 걸고 맹세하겠어, 반드시 복수하고 말 거야!

그는 아주 소소한 괴롭힘부터 몸서리칠 정도로 무시무시한 앙갚음에 이르기까지, 복수를 완수하기 위한 이 짜릿한 계획이 교사로서 앞으로 자신에게 남은 32년이라는 끔찍한 시간을 참고 견딜 수 있게 하리라는 것을 알았다. 그는 복수할 것이다.

이 엄청나고 장대한 비밀을 알게 된 푸티파르 부인은 아들의 계획에 뜻을 함께하기로 했다. 그들은 세상이 두 쪽 난다 해도 그 계획을 밀고 나가겠다고 엄숙하게 굳은 맹세까지 나눴다. 그들은 복수할 것이다! 그때부터 두 사람은 비밀을 공유했고, 푸티파르 부인은 《그 계획이 현실로 이루어지는 것을 보기》 위해 어떻게든 오래 살겠다고 다짐했다. 그녀는 그전까지 병든 남편에게 바쳤던 모든 헌신과 희생을 이제 아들에게 바치기 시작했다. 날마다 맛있고 영양가 높은 음식을 만들어 주고, 아들이 입고 다니는 겉옷이나 속옷을 챙겨 주고 아들의 건강도 세심하게 신경 썼다. 아들이 ≪신상 기록 카드≫를 정리하는 것을 돕고, 출근하기 싫어할 때마다 어떻게든 설득하고 격려해 출근하게 했고, 때때로 아들의 마음이 흔들리거나 절망에 빠져 모두 포기하고 싶어 할 때면, '나의 로베르, 걱정 마. 반드시 기회가 올 거야. 그놈들은 반드시 대가를 치를 거야….'라는 의미의 미소나 찡긋하는 윙크로 아들을 위로해 주었다.

3

피에르 이브 르캥

37년 동안 도토리 초등학교의 3층 교실에서 로베르 푸티파르의 4학년 학급을 거쳐 졸업한 모든 학생 중에, 66~67년도* 4학년이었던 피에르 이브 르캥은 로베르 푸티파르가 자다가도 벌떡 일어날 정도로 치가 떨리는 녀석들 중 하나였다. 그 지역에서 아주 유명한 레스토랑 사장의 외아들로 왕자병에 걸린 시건방진 그 모지리 녀석은 오로지 장난질과 제 자랑하는 재미로 학교를 다녔다. 그 재수탱이는 자기 아버지를 본받아 선생님들을 자기 집 하인 대하듯 깔봤는데, 그중에서도

---

* 프랑스에서는 9월 또는 10월에 새 학년이 시작된다.

특히 푸티파르를 업신여기며 아예 장난감처럼 갖고 놀았다. 자기 아버지의 레스토랑과 엄청난 재산을 당연히 물려받을 거라고 우쭐대는 그놈이 역사, 철자법, 그 외 다른 과목 시간에도 온갖 창피를 당하는 걸 보면, 머리는 나쁜 게 분명했다. 그 바보 멍텅구리가 그나마 유일하게 관심을 보이는 과목은 암산이었다. 아마도 나중에 돈을 벌 때 계산을 빨리빨리 하려면 암산은 필요하다고 생각했기 때문일 것이다.

푸티파르는 피에르 이브 르캉, 그 '마빡에 피도 안 마른 쥐방울' 때문에 1967년 4월 14일, 교사로서 가장 치욕스러운 날 중 하루를 보냈다. 로베르는 그날의 상처를 단 하루도 잊은 적이 없었다. 무엇보다 먼저 밝혀 둬야 할 한 가지 사실이 있다. 교사들은 때때로 장학사의 검열을 받아야 한다. 장학사는 몇 시간씩 수업을 참관한 뒤 교사들에게 조언을 해 주고… 점수를 매긴다. 교사라면 장학사의 조언을 기쁜 마음으로 받아들여야 하는 게 당연하지만, 실제로는 전혀 그렇지 않다. 오히려 교사들은 장학사가 온다면 겁부터 집어먹고, 나쁜 평가를 받게 될까 두려워한다.

그 당시 로베르 푸티파르는 스물여섯 살이었고 4학년을 가르친 지 5년째였다. 그 해가 거의 끝나갈 무렵, 어느 화요일.

푸티파르는 오는 금요일에 장학사가 자신의 수업을 참관할 거라는 소식을 들었다. 그 말을 듣는 순간 온몸에 두드러기가 돋고, 땀으로 흥건해진 침대 시트를 두 번이나 갈 만큼 밤중엔 식은땀을 계속 흘려 댔다.

"지레 겁을 집어먹었구나, 로베르."

그때만 해도 아직 살아 계셨던 그의 아버지가 그를 나무랐다.

"목요일에 엄마랑 구구단을 함께 복습해 보자."

그의 어머니가 약속했다. 두 사람은 약속대로 복습을 했다. 오전 내내 7단, 오후에는 8단, 그리고 저녁 식사 후에는 순서를 뒤바꿔 물어보면 매번 답이 헷갈리는 공포의 9단을 복습했다. 푸티파르는 피곤하고 지쳐 잠자리에 들었지만, 거의 뜬눈으로 밤을 보냈다.

금요일 정각 8시 30분에 장학사가 교무실로 들어왔다. 그런데 그 장학사는… 여자였다. 길고 아름다운 갈색 다리와 늘씬한 키, 몸에 딱 달라붙는 장밋빛 정장을 차려입은 그녀는 마치 비행기 승무원 같았다. 여자들 앞에서 말 한마디 제대로 못 하는 푸티파르는 입안에 고인 침을 삼키다가 침이 기도로 잘못 들어갔다. 장학사가 나이 많은 심술쟁이 잔소리꾼이었더라면 차라리 나았을 텐데….

"교육부 장학사 마드무아젤 스테파니입니다. 만나 뵙게 되어 반갑습니다!"

마드무아젤 스테파니 장학사가 푸티파르의 거대한 손안으로 자신의 작고 부드러운 손을 밀어 넣으며 인사를 청했다.

"저, 쩌또요!"

그는 그녀의 미소에 당황해서 얼결에 발음이 꼬여 버렸다.

곧바로 "저도요."라고 바로잡으려 했지만 제대로 되지 않았다. 두 뺨만 빨갛게 달아올라, 10시 30분 쉬는 시간이 될 때까지 그 홍조는 사라질 기미조차 보이지 않았다.

스테파니 장학사는 아이들에게 여유만만하고 자연스럽게 자기소개를 했다.

"안심하세요, 나는 단지 여러분 선생님을 잠깐 만나러 왔답니다. 마치 내가 여기 없는 것처럼 평소대로 수업하세요."

그리고 나서 교실 뒤쪽으로 예쁘게 살랑살랑 걸어가서 장학사를 위해 마련된 의자에 다리를 꼬고 앉았다. 그리고는 손에 들고 있던 핸드백에서 작은 수첩과 펜을 꺼낸 뒤, '자, 시작해 보세요, 당신이 어떻게 수업을 진행하는지 내가 지켜보고 있을 테니까….'라는 의미로 정신 사납게 눈을 깜빡거리면서 푸티파르를 쳐다보았다.

쉬는 시간이 되기 전까지는 상황이 그리 나쁘지 않았다.

수업 내용은 받아쓰기와 동사의 과거형 복습이었다. 나는 먹는다, 나는 먹었다. 나는 도착한다, 나는 도착했다. 아이들은 꽤 잘 따라 주었다. 평소에는 수업이 시작되자마자 분위기를 흐려놓곤 하던 르캥 녀석도 웬일인지 얌전하고 고분고분하게 굴었다.

푸티파르는 마침내 이렇게 생각하게 되었다.

"그래, 저 애는 내가 생각했던 것만큼 그렇게 못된 애가 아닐지도 몰라. 오늘이 나한테 아주 중요한 날이라는 걸 잘 알고 있는 거야. 수업이 끝나고 나면 고맙다고 말해 줘야겠어, 자⋯."

쉬는 시간 동안 교무실에서 장학사에게 커피를 대접했다. 동료 교사들은 푸티파르에게 이런 의미의 눈길을 던졌다.

'로베르, 그렇게 아름다운 여자와 함께 수업을 하다니, 정말 부러워!' 로베르는 자신이 한 일은 아무것도 없었지만, 왠지 모르게 아주 뿌듯했다. 교실로 돌아왔을 때는 자신감마저 드는 듯했다.

"수학!"

그는 자신 있는 목소리로 말했다.

비극은 10시 40분 무렵에 느닷없이 들이닥쳤다. 맨 뒷줄에 앉아 있던 피에르 이브 르캥이 갑자기 손을 번쩍 든 것이 그 시작이었다.

"선생님, 7×9은 얼마입니까?"

르캥의 눈은 쩔쩔매며 어쩔 줄 몰라 하는 선생님의 모습을 보리라는 기대감에 벌써부터 신나서 잔인하게 반짝였다. 찬물을 끼얹은 듯 으스스한 긴장감이 교실 전체에 퍼졌다. 피에르 이브 르캥, 네 녀석이 감히 그런 짓을 하다니!

어떤 교사라도 그 정도의 문제는 단번에 해결했을 것이다.

'피에르 이브, 그것도 모르다니, 수업 시간에 제대로 듣지 않았구나. 자, 7×9가 얼만지 아는 사람?' 한 아이가 손가락을 들어 올리며 대답했을 것이다. '63이요, 선생님.'

그렇게 해서 다음으로 넘어갔을 것이다. 하지만 로베르 푸티파르는 우리가 아는 그런 평범한 교사가 아니었다. 128킬로그램의 그 거구에게 느닷없이 7×9가 얼마냐는 질문을 던지는 것은, 코끼리 코끝에 살아 있는 생쥐를 흔드는 것이나 마찬가지였다. 그러니까 아무것도 아닌 아주 사소한 것이 엄청난 결과를 낳는다는 얘기다.

"7×9는…" 그는 더듬거렸다. "아, 그건… 어…."

서른 명의 4학년 반 아이들은 얼어붙은 채 불안한 눈으로 담임 선생님을 뚫어져라 바라보았다. 아이들은 답을 알고 있었다. 여기저기서 대답을 하려는 손들이 차례차례 올라갔다. 장학사는 눈살을 찌푸렸다. 뭔가 이상한 일이 벌어지고 있었다.

무시무시한 침묵 속에서 푸티파르는 안간힘을 다해 답을 찾으려 애썼다.

그러니까… 7×9는 9×7과 같은 거니까… 9단에서… 10을 더하고 거기서 다시 1을 빼면… 엄마, 아, 엄마 제발 도와줘…. 9×5에서 시작해 보자, 그건 외우고 있으니까. 9×5는 45… 그러면 9×6는 45에다 10을 더해서 55, 거기서 1을 빼면 54…. 그 다음에 9×7은… 내가 좀 전에 뭐라고 했더라, 54였나? 53? 엄마, 아, 엄마….

달리 도리가 없어서, 들어 올린 팔들의 숲속에 떠도는 쥐 죽은 듯 고요한 정적을 도저히 견딜 수 없어서, 로베르는 그냥 운에 맡기고 아무 숫자나 내뱉었다.

"7×9는? 어, 그러니까… 122."

장학사가 그 자리에 없었더라면, 반 아이들 전체가 폭소를 터뜨리고 그가 다시 한번 고함을 질렀을 것이다. '조용! 조용히 하라고 하잖아!'

그런데 지금은 상황이 더 나빴다. 아이들은 아무 말도 안 하고 일제히 장학사 쪽을 돌아보았다. 마치 그녀에게 증거를 보여 주기라도 했다는 듯이. '장학사님, 들었죠! 우리 선생님은 구구단을 몰라요. 어떻게 할 거예요?'

그때 푸티파르가 돌이킬 수 없는 결정타를 날렸다. 마치 덤벙대다 실수한 척하면서 틀린 답을 바로잡으려 했다.

"아, 미안! 94라고 말하려 한 건데….."

그의 관자놀이에서 땀이 비처럼 주룩주룩 흘러내리기 시작했다. 장학사는 놀라서 그 아름다운 초록색 눈을 토끼 눈처럼 동그랗게 뜨고 로베르를 뚫어져라 쳐다보았다. 푸티파르는 금방이라도 기절할 것만 같았다.

"나 날씨… 날씨가 더, 덥지 않나요?"

그가 다급하게 더듬거리며 알아듣기 힘들게 웅얼거렸다.

"수미 마키네… 난….."

그러고는 창문을 열기 위해 창가로 급히 달려갔다.

그런데 바로 그 창문 바로 옆자리에 아주 작고 삐빼 마른 약골이지만 모두에게 칭찬받는 모범생 카트린 쇼스가 앉아 있었다는 사실을 알아둘 필요가 있다. 가난한 집안의 맏딸로 태어난 그 여자아이는 밑으로 여섯 명이나 되는 동생을 싫은 내색 한번 없이 정성껏 돌보았다. 뿐만 아니라, 잔병치레하느라 자주 결석하면서도 반에서 1등을 항상 놓치지 않고, 특히 프랑스어에 아주 뛰어났다. 카트린은 언제나 정숙하고 예의도 발랐고, 누구한테나 친절한 데다 특히 담임 선생님을 다른 아이들과는 달리 존경과 사랑이 듬뿍 담긴 태도로 깍듯하게 대했다. 가족이 아닌 다른 사람에게 그런 대접을 받아 본 적이 별로 없는 푸티파르는 사려 깊고 마음이 여리고 다정다 감한 그 파리한 작은 여학생에게 고마움을 넘어서 거의 애착 을 느끼고 있었다. 그가 창가로 간 것도 그래서였다. 지푸라 기라도 잡고 싶은 심정으로. 그런데 불행하게도 의외의 사건 이 벌어지고 말았다.

키 1미터 96센티미터에 128킬로그램의 거구 로베르 푸디 파르가 여닫이 창문을 너무 힘차게 열어젖히는 바람에 1미 터 22센티미터에 27킬로그램밖에 나가지 않는 카트린 쇼스 가 창틀의 날카로운 모서리에 맞아 눈두덩이가 5센티미터 정 도 찢어진 것이다. 가녀리고 작은 아이가 끔찍한 비명을 내 질렀다. 카트린의 얼굴이 곧 피로 뒤덮였다.

"우라질!"

푸티파르의 입에서 저절로 욕이 튀어나왔다.

그때부터, 모든 게 엉망진창이 되어 버렸다. 반 아이들 절 반이 도움을 구하려고 복도로 급히 뛰쳐나갔다. 나머지 반은 불쌍한 카트린을 도와준다고 그 주위로 몰려들었다. 카트린 은 얼굴을 피로 벌겋게 물들인 채 울먹이면서 그대로 자기 자 리에 앉아 있었다. 카트린의 안경은 깨져 있었다.

"조용! 조용!"

푸티파르는 소리를 질러 댔지만, 아무도 그의 말을 듣지 않았다. 카트린 옆자리에 앉아 있던 브리지트 라방디에의 몸이 나무토막처럼 천천히 옆으로 기울어지다가 마침내 교실 바닥으로 털썩 무너져 내렸다.

"선생님! 선생님! 브리지트가 기절했어요!"

학생들이 소리를 질렀다.

푸티파르는 얼굴이 백지장처럼 창백해진 브리지트에게로 몸을 숙여, 뺨을 몇 번 가볍게 툭툭 두드렸다. 그래도 브리지트의 정신이 돌아오지 않자, 좀 더 세게 뺨을 때렸다. 하지만 정말로 위급한 문제는 다른 데 있었다. 카트린 쇼스가 깔끔하게 정리된 자신의 수학 노트 위에 피를 철철 흘리고 있었다.

모두가 정신없이 우왕좌왕하는 그 혼란스러운 상황에서, 푸티파르의 머릿속에 불현듯 이성적인 생각이 기적처럼 떠올랐다. 의사를 불러야 한다, 빨리! 그는 전화기가 있는 곳으로 가기 위해 책상과 의자들을 뒤집어엎으면서 교실을 가로질러 황급히 달려갔다. 하지만 엎친 데 덮친 격으로, 전화기를 잡으려다 그만 그 우람한 팔로 어항을 아주 세차게 치고 말았다. 어항은 바닥으로 굴러떨어지고, 어항이 깨지면서 120리터의 물이 일곱 마리의 물고기와 함께 바닥에 쏟아졌다. 그 물고기 중에는 항상 웃는 것처럼 보인다고 아이들이 특별히 좋아하던 커다란 '팔딱이'도 있었다.

그때까지 교실 뒤에서 꼼짝도 하지 않고 상황을 지켜보고 만 있던 장학사는 이제 자기가 나서야 할 때가 된 것 같다고 판단했다. 그녀는 그 혼란 속으로 뛰어들었다. 하지만 그건 잘못된 판단이었다. 그녀는 왼쪽 구두 뒤꿈치로 바닥에서 팔 딱거리고 있는 '팔딱이'의 꼬리지느러미를 밟고 쭉 미끄러지 면서 그대로 2미터를 달려가, 물과 유리 파편 한가운데 그 예쁜 갈색 두 다리를 모두가 볼 수 있게 허공에 쫙 벌린 채 로 '쿵' 하는 소리를 내며 뒤로 넘어졌다. 그녀를 도우려다가 이번에는 푸티파르가 어떤 물고기를 밟고 미끄러져 발라당 나자빠졌다…. 그것도 바로 장학사의 몸 위에. 스테파니 장 학사가 비명을 질러 대기 시작했다. 바로 그 순간, 학생들에 게 이 상황을 전해 들은 교장이 교실로 들어왔다.

그 흥미진진한 오전 수업 시간을 종합적으로 결산해 보면 다음과 같다. 불쌍한 카트린 쇼스는 눈썹 위를 열네 바늘이 나 꿰매고 2주 내내 결석했다. 안경도 바꿔야 했다. 기절했다 가 깨어난 브리지트 라방디에는 자기도 모르는 사이에 턱뼈 가 빠지고 왼쪽 뺨에 커다란 멍이 생겼다. 교육부 장학사 마 드무아젤 스테파니는 유리 파편 때문에 몸 여기저기 서른여 섯 군데나 상처를 입었고, 특히 오른쪽 팔꿈치 뼈가 심하게 부러져 노르 병원에서 치료를 받았는데, 5주일 동안 깁스를 한 뒤 두 달 반 동안 재활 치료를 받아야 했다. 4학년 담임교사인 로베르 푸티파르는 이제까지 그 어떤 교사도 결코 받지 못한 최악의 장학 평가 점수를 받았다. 일곱 마리의 물고기들은 그 자리에서 모두 즉사했다.

4

사촌 제라르

32년이라는 오랜 세월이 흘렀어도 피에르 이브 르캥을 찾아내는 건 별로 어렵지 않았다. 로베르 푸티파르의 복수 명단에서 당당히 첫 번째 자리를 차지하고 있는 피에르. 행복해서 죽겠다는 표정을 짓고 있는 그 악마 같은 녀석의 얼굴을 보려면 몇 달 전부터 최근 호까지 여러 잡지를 펼쳐 보는 것으로 충분하다. 거기에 다음과 같은 찬사가 도배되어 있으니까.

'올해의 셰프'로 선정된 피에르 이브 르캥….

미국을 정복하러 나서는 프랑스 천재 요리사 피에르 이브 르캥.

피에르 이브 르캥과 그의 레스토랑 〈오래된 성〉이 조만간 미슐랭으로부터 별 세 개를 받게 될까? 물론 그건 따 놓은 거나 마찬가지다….

내가 너에게 별을 보게 해 주지, 푸티파르는 그 기사들을 훑어보면서 으르렁거렸다. 사진마다 한결같이 르캉은 팔짱을 끼고 턱을 치켜든 채 거만하게 카메라를 노려보고 있었다. 꼴사납게 거들먹거리는 꼴 좀 봐! 이제 마흔 살이 된 피에르는 약간 살도 올랐다.

"이거 봐요, 엄마. 이것 봐! 뚱뚱해지긴 했지만, 분명히 그 망할 자식이야. 한눈에 딱 알아볼 수 있어. 지금도 여전히 못된 짓이나 꾸미고 다니는 개망나니 같아 보이네! 아, 녀석의 사진만 봐도 온몸이 부들부들 떨려…."

푸티파르가 어린애처럼 보채듯 말했다.

"진정해, 로베르. 그렇게 쉽게 흥분해서는 안 돼. 이것 봐라, 너 때문에 내 침대가 마구 흔들리잖니…."

이제 여든여덟 살이 다 된 이 노부인은 몇 달 전부터 자기 방에서 꼼짝도 하지 못했다. 때때로 거실까지 나가려 모험을 해 보기도 했지만, 두 다리는 이내 그녀를 배신했다. 그때마다 쓰러져 있는 어머니를 푸티파르가 발견해 침대까지 다시 데려다 눕혔다. 절망에 빠진 그녀는 더 이상 아들의 식사를 차려 줄 수도 없었다. 몸에 힘이 하나도 없었다. 이제 식사 준비는 로베르의 몫이 되었다. 부엌에서 방으로, 방에서 부엌으로, 문을 열어 둔 채 엄마와 아들은 복도를 통해 대화를 주고받았다.

"엄마, 양파가 살짝 익었어. 이제 스테이크 구울까?"

"그래, 옆쪽까지 골고루 노릇노릇해질 때까지 구워."

"센 불에다?"

"그래, 아주 센 불에 구워. 하지만 타지 않게 조심해야 해…. 필요하면 물을 조금 넣고."

"조금만 드셔 볼래요, 엄마?"

"아니, 나중에…."

물어보나 마나였다. 거의 언제나 그녀는 채소 수프와 비스킷, 콩포트 같은 간단한 디저트밖에 먹지 않았다. 로베르는 제대로 식사를 하지 못하는 엄마가 걱정되었다.

"걱정할 필요 없어. 난 아주 오랫동안 그날이 오기를 기다렸어. 난 절대로 포기하지 않을 거야. 조만간 기력을 되찾을 게다, 두고 봐…. 그 잡지들을 좀 갖다 다오, 그 녀석 얼굴이 나온…."

기사에는 아들 르캉이 이미 오래 전에 자기 아버지의 실력을 뛰어넘었다고 쓰여 있었다. 〈오래된 성〉은 그가 물려받은 뒤 세계적인 명성을 얻었다고. 어쨌든 그곳은 프랑스 최고의 레스토랑 중 하나가 되었다. 레스토랑은 푸티파르의 집에서 차로 20분 거리의 도시 외곽에 있었다. 태어나서 한번도 도시를 벗어난 적이 없는 푸티파르는 사전 답사도 할 겸 거기에 한번 찾아가 보기로 마음먹었다. 그날 저녁 그는 현관 옆 조그만 원탁 위에 놓여 있는 전화기로 번호를 눌렀다. 심장이 두방망이질하기 시작했다. 모험이 시작되고 있었다!

"로베르, 스피커폰으로 돌려 다오!"

방 안에서 그의 어머니가 말했다.

잠시 음악이 흐른 뒤, 전화기 너머에서 상냥한 여자 목소리가 들려왔다.

"안녕하세요, 〈오래된 성〉입니다."

"안녕하세요, 예약하고 싶은데요."

"원하시는 날짜가 언제인가요?"

"어… 오늘 저녁이요."

"죄송합니다, 손님. 다음 달까지 이미 예약이 다 잡혀 있습니다…."

"아… 그러면 저어… 다음 달로…."

그는 전화를 끊으며 창피하기도 했지만 멍청이처럼 군 자신에게 화가 났다. 전쟁이 이제 막 시작되었는데, 총 한번 쏴 보기도 전에 웃음거리가 되어 제 풀에 나가떨어진 꼴이었다. 어머니가 로베르를 나무랐다.

"로베르! 그 먼 곳까지 한가하게 식사나 하러 갈 생각은 아니겠지? 아, 내가 이렇게 기력을 잃지만 않았더라도 너랑 함께 갔을 텐데…. 네가 실수나 하지 않을까 걱정되는구나."

한 달 뒤, 정확히 7월 27일 저녁에 로베르는 〈오래된 성〉 레스토랑을 혼자 찾아갔다. 제일 좋은 양복을 꺼내 입고 수염도 깔끔하게 다듬고 향수를 듬뿍 뿌리고서. 노란색 시트로엥을 레스토랑에서 멀찌감치 떨어진 곳에 세워 둔 다음, 삼나무가 늘어선 넓은 공원을 가로질러 레스토랑까지 걸어갔다.

"어떻든?"

밤 11시경에 집으로 돌아오는 로베르의 기척을 듣고 어머니가 물었다.

"비쌌어! 내일 다 말해 줄게…."

그는 현관 앞에서부터 대답하고는, 발포 소화제를 마신 뒤 잠자러 갔다.

사실, 로베르는 비싼 돈을 들이고도 음식을 제대로 음미하지 못해서 기분이 아주 나빴다. 그곳에서 뭘 먹었는지조차 기억나지 않았다.

식사하는 내내 로베르는 온 에너지를 오로지 한 가지 생각에만 쏟았다. 어떻게 하면 피에르 이브 르캉에게 결정적인 한 방을 먹일 수 있을까? 들키지 않고…. 〈오래된 성〉 레스토랑 안의 모든 것은 흠 잡을 데 없이 깔끔하고 완벽해서, 그 멋진 조화를 어지럽히고 싶은 생각이 전혀 들지 않았다. 우아하면서도 재빠른 웨이터들의 능숙하고 품격 높은 접대에 손님들은 자기가 최고의 대접을 받고 있다고 저절로 생각되었다. 푸티파르도 마치 자기가 대단한 사람이 된 것 같은 기분을 느꼈다. 훌륭한 음식, 아늑하고 따뜻한 분위기, 모든 것이 부드럽고 편안하게 그를 감싸 주었다. 디저트가 나온 뒤 르캥이 홀에 나타났다. 그는 테이블을 하나하나 찾아가 모든 손님에게 정중하게 인사했다. 그는 영어, 독일어, 심지어 일본어로도 칭찬을 받았다.

피에르가 자기 쪽으로 다가오는 것을 보자, 푸티파르는 갑자기 가슴이 조마조마했다. 만약 날 알아보면 어떡하지? 물론 지금은 내가 머리가 벗겨지고 늙었지만⋯ 그래도 날 알아볼지도 몰라⋯.

다행히 요리사 피에르 이브 르캥은 그저 이렇게 속삭일 뿐이었다.

"안녕하세요, 손님. 식사는 괜찮으셨나요?"

푸티파르는 바보처럼 알아들을 수 없게 웅얼거렸다.

"네, 아주 좋았어요⋯."

그날 이후 며칠 동안 로베르와 그의 어머니는 이리저리 헛

되이 머리를 굴렸다. 푸티파르 부인이 몇몇 아이디어를 내놓았다. 하지만 하나같이 수준 이하의 복수 방법이었다. 얄개들의 행진에나 나올 법한 유치찬란한 방법들. 예를 들어 수프에 설사약을 탄다든지, 바닥에 물비누를 뿌려 웨이터들이 밟고 미끄러지게 한다든지, 아니면 악취 나는 액체를 넣은 풍선을 레스토랑 안에서 터뜨린다든지 하는 것들이다. 여든여덟의 노부인이 침대에 누운 채 아주 진지하게 이런 말을 하는 모습은 웃기다 못해 기괴해 보이기까지 했다.

"손님들 의자에다 방귀 소리 나는 쿠션을 놓아두면 어떨까, 로베르?"

"엄마!"

참다못한 푸티파르가 짜증스럽게 외쳤다.

"엄마, 뭐?" 그의 어머니가 되받았다. "난 적어도 머리를 쥐어짜며 계속 아이디어를 내잖니! 그런데 넌 꿀 먹은 벙어리처럼 계속 입 다물고 있어…."

푸티파르가 아무 말도 안 하고 있던 건 사실이었다. 하지만 좋은 생각이 하나도 안 떠오르는데, 뭐라고 말할 수 있겠는가? 그렇게 일주일이 지나갔다. 그런데 우연히 일어난 어떤 일 때문에 멋진 복수의 방법이 저절로 생겼다.

푸티파르의 차 앞쪽 어딘가에서 '딱딱'거리는 소리가 났다.

그가 보기에 왼쪽인 것 같았다. 푸티파르는 고장이 더 심해지지 않도록 최대한 천천히 차를 몰아, 집에서 10분 거리에 있는 〈광장 자동차 수리점〉으로 갔다. 그곳은 사촌 제라르가 운영하는 카센터였다. 평소처럼 털이 긴 잡종 대형견 부뤼가 그를 맞이해 주었다. 녀석은 이내 푸티파르의 가슴 위에 턱하니 앞발을 올렸다. 말도 못하게 지저분한 데다 병이 아닐까 의심이 들 만큼 먹어 대는 그 개는 항상 지나치게 반갑다는 표현을 하며 미친 듯이 날뛰었다. 그 암캐는 발톱으로 사람들의 옷을 찢고, 얼굴을 핥아 대면서 침을 흥건하게 적시고, 꼬리를 정신없이 흔들면서 목청껏 짖어 댔다. 거기서 벗어나는 유일한 방법은 녀석에게 먹을 것을 주는 것밖에 없었다. 뭐든 간에. 음식이면 더 좋겠지만, 뭐라도 던져 주면서 "자, 먹어!" 하고 말하면 그게 종이 뭉치나 낙엽 한 움큼이라도 부뤼는 게 눈 감추듯 삼켜 버렸다.

"부뤼, 내려가!"

푸티파르는 이 동물의 지나친 애정 표현에 대비해 낡은 작업복을 입고 오길 잘했다고 생각하면서, 커다란 빵 한 덩어리를 멀찌감치 던졌다.

그러고 나서 폐유 웅덩이와 바닥에 잔뜩 널린 기름 묻은 헝겊을 요령껏 피하며 앞으로 나아갔다. 부뤼는 빵을 다 먹어 치우고 푸티파르를 뒤쫓아 왔다. 말 그대로 친구의 방문을 미친 듯이 기뻐하며 지나가는 길에 놓여 있는 모든 물건을 우당탕탕 걷어차며 뛰어왔다. 열려 있는 연장통, 차체에서 떼어 낸 뒷좌석, 충전 중인 배터리….

〈광장 자동차 수리점〉 안에 들어서자, 늘 그렇듯이 제라르의 모습은 보이지 않고 그의 목소리가 먼저 들렸다. 마흔다섯 살의 제라르는 일하는 시간 거의 절반은 그 찌렁쩌렁한 목소리로 욕을 해 댔다.

"이런… 썩어 빠진 놈의… 고물차 같으니라고!"

또는

"이 지랄 같은… 망할 놈의… 고철 덩어리 같으니라고!"

〈광장 자동차 수리점〉은 큰 규모의 자동차 정비소에서는 받아주지 않는 고장 난 고물 자동차를 싼값에 고쳐 주기로 유명했다. 제라르는 그런 고물 차를 망치질 몇 번과 욕설 몇 마디로 뚝딱뚝딱 수리해 내곤 했다. 그리고 손님이 자기 차를 찾으러 오면, 손님 앞에서 차체를 발로 세차게 걷어차며 이렇게 고함치곤 했다.

"다시는 나한테 데려오지 마! 이 고철 덩어리 우리 가게에서 두 번 다시 보고 싶지 않으니까!"

이번에 제라르는 우그러진 시트로엥 BX 밑에서 나타났다.

손보다 훨씬 더 역겨운 팔을 로베르에게 내밀며 소리쳤다.

"어, 사촌! 무슨 일로 왔어?"

"내 차에 문제가 생긴 것 같아. 차 앞쪽에서 딱딱거리는 이상한 소리가 나. 왼쪽인 것 같아."

푸티파르가 대답했다. 푸티파르의 머릿속에 그 생각이 번개처럼 떠오른 건, 차를 맡기고 집으로 걸어가고 있을 때였다. 그는 그 기막힌 생각에 신나서 자신도 모르게 계속 실룩실룩 입가에 미소를 지었다. 저녁식사를 할 때도 여전히 싱글벙글했다.

"무슨 일이니? 뭔가 좋은 생각이라도 떠오른 모양이구나."

그의 어머니가 베개 두 개를 등에 받친 채 채소 수프를 몇 모금 홀짝이면서 물었다.

"응, 엄마. 나의 7×9를 찾은 것 같아…."

"너의 7×9라니?"

"기억 나, 엄마? 32년 전 장학 검열이 있던 날, 르캉이 나한테 7×9가 얼마냐고 물었잖아. 그 녀석은 그냥 그것만 물었을 뿐, 달리 아무 짓도 하지 않았어. 그런데 재앙이 꼬리를 물고 일어났지. 나도 똑같은 방식으로 녀석에게 되갚아 주고 싶어. 나의 7×9는… 바로 제라르야!"

"네 사촌 제라르?"

"응! 엄마도 그 얘기 알지? 옥수수 밭에 돼지를 풀어놓는 것처럼, 크리스털 상점에 코뿔소를 풀어놓는 것처럼, 수술실에 고릴라를 풀어놓는 것처럼…. 나는 〈오래된 성〉에 제라르를 풀어놓을 거야. 제라르와 함께라면 뭐든 가능해. 상상해 봐, 엄마!"

"오, 그래. 뭔지 알 것 같다! 제라르라면 분명히 부뤼도 데려가겠구나!"

푸티파르 부인은 미간을 찌푸리면서 속삭였다.

"그렇지! 당연히 부뤼도 가야겠지! 난 거기까진 미처 생각 못했는데…. 엄마. 오, 엄마! 엄만 천재야!"

푸티파르가 감탄해서 울부짖다시피 말했다. 그가 침대 위로 몸을 숙여 격렬하게 엄마를 껴안는 바람에 쟁반 위의 콩포트 그릇이 엎질러졌다.

"괜찮다. 수프를 한 그릇 더 갖다 다오. 비스킷 하나랑. 웬일인지 갑자기 식욕이 당기는구나!"

그들은 늦은 밤까지 계획을 세웠다.

〈오래된 성〉 레스토랑 홀 안으로 부뤼가 들이닥치는 장면을 상상하며 두 사람은 거의 미친 사람처럼 깔깔댔다. 푸티파르는 신나서 발을 동동 굴렀고, 그의 어머니는 웃다가 몇 번이나 숨이 막혀 죽을 뻔했다.

"오, 보인다! 보여!"

그녀는 한 손으로 배를 잡고, 다른 손으로는 눈물을 닦으며 말했다.

하지만 한 가지 해결해야 할 문제가 있었다. 그 개를 어떻게 레스토랑 안으로 들여보낸담? 두 사람은 정신을 차리고 이 문제를 이리저리 수백 번 뒤집었다 엎었다 하며 궁리했다. 마침내 충분히 실현 가능할 듯한 한 가지 방안을 생각해 냈다.

이틀 뒤, 전화벨이 울리고, 제라르의 천둥 같은 목소리가 수화기에서 쩌렁쩌렁 울렸다.

"다 고쳤다, 로베르! 젠장할 커플링이 문제였어. 여하튼 고쳐 놨으니까 아무 때나 와서 네 녀석의 똥차 가져가!"

푸티파르는 한시라도 빨리 르캥과의 싸움을 시작하고 싶은 마음에 부리나케 카센터로 갔다. 몇 년이나 지난 오래된 달력이 대롱대롱 걸려 있고, 덕지덕지 때가 눌어붙은 시커먼 사무실에서 푸티파르는 청구서에 사인을 하며 슬쩍 운을 뗐다.

"제라르. 사실, 네가 내 차를 수리해 준 지도 아주 오래됐잖아. 그래서 너한테 고마움을 표하고 싶어. 네가 좋다면, 〈오래된 성〉에서 너랑 모니크에게 식사 대접을 하고 싶은데. 어때?"

"〈오래된 성〉이라고! 거긴… 이름이 뭐였더라…. 장 피에르 호갱네 가게 아냐?"

"거의 비슷해. 피에르 이브 르캉이야."

푸티파르가 바로잡아 주었다.

"그래, 르캉. 그게 그거지 뭐. 그런데 네가 그 친구 가게에서 우리한테 식사 대접을 하고 싶다고! 혹시 로또라도 맞았어?"

"로또를 맞은 건 아니고. 너희 부부는 충분히 그 정도 대접을 받아도 된다고 생각해. 그뿐이야. 그래서, 좋아, 싫어? 나야 물론 너희 부부가 내 호의를 받아 주면 기쁠 거야…."

"음, 네가 정 그러고 싶다면…. 좋아. 집에 가서 모니크에게 말할게. 아마 너무 좋아 돌아 버릴 걸! 우린 한번도 그런 레스토랑에 가 본 적이 없거든…."

하지만 곧 제라르의 머릿속에 아주 난처한 한 가지 문제가 떠올랐다

"그런데, 우리 개는? 우리 부뤼는 어떡하지? 그 녀석이 얼마나 사람을 좋아하는지 너도 알잖아. 녀석은 15분도 혼자 못 있어. 곁에 사람이 없으면 기가 죽어서…."

"엄마랑 내가 봐 줄게."

제라르가 깜짝 놀란 눈으로 로베르를 쳐다보았다. 누군가가 부뤼를 봐 주겠다고 한 건 처음이었기 때문이다.

"아 그래? 하지만 넌 우리랑 같이 가지 않는 거야?"

"응, 안 가. 엄마를 혼자 놔둘 수가 없어. 그러니 이번 기회에 너희 부부 둘이서 오붓한 시간을 보내…."

바로 그 순간, 우당탕하는 소리가 정비소 안에서도 들렸다. 두 남자는 소리가 나는 쪽으로 급히 달려갔다. 부뤼가 방금 막 50리터짜리 금속 통 서른 개를 쓰러뜨려 그 통들이 온 사방으로 굴러가면서 모든 걸 엉망진창으로 만들고 있었다.

그들은 30분은 족히 걸려 그걸 모두 제자리에 돌려놓은 다음, 사무실로 되돌아왔다.

"그래, 어디까지 얘기했지?"

제라르가 대화를 다시 시작했다.

"내가 부뤼를 돌보겠다고 말하던 참이었어. 엄마랑 내가 말이야."

제라르는 생각에 잠겨 시커먼 손톱으로 머리를 긁적였다.

"그럼… 부뤼가 너희 집 안을 엉망으로 만들어 놓을 텐데, 겁 안 나? 무슨 일이 생길지 몰라…. 꼬리를 몇 번 흔들기만 해도…."

푸티파르는 제라르 상바르디에 부부 이름으로 그날 저녁 〈오래된 성〉에 테이블을 예약했다. 날짜는 8월 27일 저녁이 었다. 때마침 그날은 성 모니카 축일이었다. 그때까지 기다 리려면 한참이 걸리겠군….

5

첫 번째 복수

여름이 끝나 가고 있었다. 프랑스의 모든 초등학교 교사들이 새 학년이 시작되는 날을 벌써부터 준비하고 있지만, 로베르 푸티파르는 그런 것과는 완전히 동떨어진 시간을 보내고 있었다. 그토록 애타게 기다리는 그 저녁을 위해 만반의 준비를 하며 8월의 남은 보름을 보냈다. 그의 복수 노트에 붙여 놓은 피에르 이브 르캉의 비웃는 듯한 미소의 사진을 볼 때마다 복수심은 더욱더 불타올랐다. 조금만 기다려라, 이 끔찍 녀석아! 기다려… 내가 비록 숫자들에 7을 곱하는 건 잘 못해도, 너의 골칫거리에 12를 곱하는 건 아주 잘할 수 있어! 푸티파르는 그다음 페이지들에다 자신의 계획과 하루하루 계획이 어떻게 진척되고 있는지 아주 꼼꼼하게 기록해 나갔다.

장소 물색 : O.K.

제라르와 모니크 초대 : O.K.

〈오래된 성〉 예약 : O.K.

부뤼를 봐 주겠다는 제안 : O.K.

차 뒤 트렁크에 창살 설치 : O.K.

필요한 장비 및 물품 준비

작은 사다리 : 준비 완료

쌍안경 : 준비 완료

비옷 (만약의 경우에 대비해서) : 준비 완료

샴페인 (성공한 경우를 위해) : 준비 완료

푸티파르가 이제 더는 기다리지 못할 지경에 이른 8월 27
일 저녁 7시 30분, 제라르가 드디어 인터폰으로 쩌렁쩌렁 소
리쳤다.

"나야! 개를 데려왔어!"

로베르 푸티파르는 곧바로 내려가서 아파트 입구에 와 있
는 부뤼와 그의 주인을 맞이했다.

"아직도 마음이 안 변했어, 사촌? 이 녀석을 정말 맡아 줄

거야? 후회 안 해?"

"후회 안 해. 약속은 약속이야. 두 사람 모두 멋진 저녁 보내. 맛있는 거 많이 먹고! 내가 한턱 쏘는 거니까 돈 걱정은 하지 말고!"

푸티파르는 개의 목줄을 움켜잡으면서 약속을 다시 한번 확인시켜 줬다.

제라르는 작별 인사로 자기 개의 옆구리를 크게 한 방 먹이며 말했다.

"이 녀석아! 얌전히 잘 있어야 한다! 집 안을 다 때려 부수지 말고, 알았지?"

아, 아니지, 로베르 푸티파르는 생각했다, 다 때려 부숴야지, 우리 부뤼! 최대한 많이⋯.

135킬로그램의 몸무게와 체력에도 불구하고, 자기 주인에게 가겠다고 안간힘을 쓰는 부뤼의 목줄을 잡고 있는 건 쉬운 일이 아니었다. 그렇지만 푸티파르는 집 근처 이면 도로에 주차해 둔 자신의 차까지 개를 끌고 가는 데 성공했다. 거기서 개의 허리를 부둥켜안고 들어 올려 임시로 카펫을 깔아 놓은 트렁크에 개를 집어넣었다.

"자, 우리 멍멍아! 곧 네 주인을 만나게 해 줄 게, 약속하마. 그리고 너는 아주 깜짝 놀랄 일도 만나게 될 거야. 내가 널 데려가는 곳에는 네가 좋아하는 먹을 것들이 산더미처럼 쌓여 있을 테니까. 기대해도 좋아!"

그는 4층으로 다시 뛰어올라 가 숨을 헐떡이면서 어머니 방으로 들어갔다.

"엄마, 다 잘 되어 가고 있어. 미사일은 이미 목표물을 향해 날아가고 있어. 원자폭탄도 차 뒤 트렁크 안에 대기시켜 놨고."

"오, 로베르! 드디어 우리의 첫 번째 복수구나. 나는 정말로 이 복수가 성공했으면 좋겠다. 우리 둘이 아주 오랫동안 간절히 바랐던…."

푸티파르 부인이 신음하듯 말했다.

푸티파르는 제라르와 모니크가 단장을 하고 〈오래된 성〉에 도착할 때까지 걸릴 거라 예상되는 약 30분 동안 참을성 있게 기다렸다. 30분이 지나자, 어머니의 이마에 다정하게 입을 맞추었다.

"엄마, 갈게. 이따 봐."

"행운을 빈다, 애야…. 난 네가 대학입학 자격시험을 치러 가던 날만큼 흥분되는구나…."

그의 어머니가 다정하게 대답했다.

뒤 트렁크 안에서 부뤼는 계속 야단법석을 떨었다. 그 개는 뒷좌석의 등판을 이미 발기발기 찢어 바닥의 카펫 위에 흩뿌려 놓았다. 이제 녀석은 미치광이처럼 짖어 대면서 분리 창살 사이로 머리를 빼내려고 애쓰고 있었다. 그 구역의 모든 사람들이 무슨 일인가 싶어 곧 모여들 것 같았다. 푸티파르는 재빨리 시동을 걸고 그곳을 빠져나갔다.

많은 손님이 〈오래된 성〉에서의 저녁 시간은 아주 즐거울 것으로 예상했다. 개방형 유리문들이 정원의 향기와 감미로운 밤공기를 만끽할 수 있도록 활짝 열려져 있고, 모든 테이블이 예약된 상태다. 그날의 첫 손님들이 이 유명한 레스토랑에 드디어 왔다는 사실에 흡족해하며 커다란 홀 안으로 사뿐사뿐 걸어 들어왔다. 그런데 우연의 장난인지 바로 그날, 중요한 인물이 초대도 하지 않았는데 기습적으로 찾아왔다. 주방에서 생선을 삶고 있는 피에르 이브 르캉에게 한 웨이터가 조심스럽게 다가와 말했다.

"셰프, 그분이 오신 것 같습니다. 음식 비평가 말레이송 말입니다. 못 알아보게 변장했지만, 검지와 중지로 테이블을 두드리는 걸 보고 제가 단번에 그분이라는 걸 알아차렸습니다. 말레이송은 식탁을 두드리는 버릇이 있거든요. 이런 식으로….”

“확실해? 몇 번 테이블이야?”

“3번 테이블입니다. 개방형 유리문 바로 옆에, 혼자.”

“오늘 저녁 그의 모습은 어떻던가?”

“콧수염을 약간 기르고 동그란 안경을 썼습니다. 벌써 수첩을 꺼냈습니다. 이리저리 둘러보며 메모를 하고 있네요. 어떻게 할까요?”

“아무것도 하지 마. 그냥 모르는 척하고 다른 손님들처럼 대해.”

“알겠습니다, 셰프.”

웨이터 앞에서는 느긋한 척했지만, 르캉은 엄청나게 긴장되었다. 오늘 저녁이 어떠냐에 따라 그의 〈오래된 성〉의 미래가 결정될 터였다. 깐깐하기로 유명한 음식 비평가 말레이송이 기분 좋은 분위기 속에서 맛있게 먹는다면, 단번에 최고의 권위를 자랑하는 미슐랭 3스타 레스토랑이 될 것이다. 반면에 그가 실망한다면 기회가 언제 다시 찾아올지 기약하기 힘들다. 르캉 셰프는 숨을 깊이 쉬고 나서, 손가락을 탁 튕겨 주방의 모든 직원들을 주목시킨 뒤 말을 시작했다.

“들었나, 제군들? 오늘 그분이 오셨다. 그러니 오늘 저녁 우린 온 정성을 다 쏟아야 한다! 부탁한다, 아주 작은 실수도 있어선 안 된다. 알겠나?!"

"알겠습니다, 셰프! 알겠습니다, 셰프!"

요리사들, 웨이터들, 소믈리에가 차례차례 대답했다.

바로 그 순간, 제라르 상바르디에와 그의 아내 모니크가 매력적인 안내원을 따라 레스토랑 안으로 들어왔다. 와인색 넥타이로 목을 졸라매고 두 치수나 작아져 거의 터지기 일보 직전인, 결혼식 때 입었던 양복을 꺼내 입은 제라르는 이미 자리를 잡고 앉은 손님들을 향해 이렇게 소리쳤다.

"여어, 좋은 밤이야. 친구들!"

모두가 그들 부부를 돌아보았다.

꽉 끼는 꽃무늬 원피스를 입은 모니크는 걸음을 뗄 때마다 싸구려 향수 냄새를 퍼뜨려 사람들을 졸도하게 만들었다. 그들의 자리는 말레이송 바로 옆인 4번 테이블이었다. 자리에 앉자마자 제라르는 오른쪽 주머니에서 작은 성냥갑을 꺼내 자기 접시 옆에 놓았다.

"그게 뭐야? 라이터 없어?"

모니크가 물었다.

"신경 쓰지 마! 로베르한테 덤터기를 다 씌울 순 없잖아. 이 비싼 음식을 맥 놓고 그냥 얻어먹을 수야 없지…. 당신은 장인의 솜씨가 어떤 건지 보고나 있어."

제라르는 아내에게 눈을 끔뻑하며 대꾸했다.

말레이송은 옆 테이블 두 사람에게 날카로운 눈길을 한번 던지고는 다시 메뉴 연구에 몰입했다.

거기서 50미터 정도 떨어진, 숲속 같은 분위기로 멋지게 꾸며 놓은 공원에서는 로베르 푸티파르가 삼나무의 낮은 가지 위에 걸터앉아 〈오래된 싱〉 방향으로 쌍안경을 조준했다. 레스토랑의 홀과 주방 안이 한꺼번에 훤히 보였다.

좀 더 멀리, 주차장 끝에 세워 놓은 노란색 시트로엥 2CV 의 뒤 트렁크 안에서는, 자기 주인이 아주 가까이 있다는 걸 알아차린 부뤼가 목청이 터져라 짖어 대면서 자칫하면 차체 가 뒤집어질 정도로 펄쩍펄쩍 뛰고 구르며 난리를 치고 있었다.

첫 번째 복수극의 모든 배역이 완벽하게 준비 완료가 된 셈이다. 현재 시각은 저녁 8시 15분. 이제 곧 연극이 시작될 것이었다.

모니크의 행동으로 연극의 개막 신호가 떨어졌다. 그녀는 자리에 앉자마자 이내 화장실에 가고 싶어졌다. 그녀는 말레 이송 쪽을 돌아보면서 힘찬 목소리로 느닷없이 물었다.

"실례지만, 아저씨. 여기 화장실이 어디 있는지 아세요?"

"모릅니다!"

그 유명한 음식 비평가는 그녀 쪽으로 눈길조차 주지 않고 쌀쌀맞게 대꾸했다. 그리고 열 손가락으로 테이블 위를 세게 두드렸다.

"친절하기도 하셔라! 됐네요, 됐어. 당신이 말해 주지 않아도 찾아갈 수 있어…."

화가 난 모니크도 되받아쳤다.

아내의 화를 누그러뜨리기 위해 제라르가 나섰다.

"그래, 그래. 어쨌든, 그곳에 볼 일이 있으면 가야지!"

제라르는 이렇게 말하곤 우레 같은 웃음을 터뜨렸다. 그 바람에 〈오래된 성〉에서 저녁 식사를 하려고 보스턴에서 여기까지 일부러 찾아온 미국인 부부가 소스라치게 깜짝 놀랐다. 모니크는 또 다시 독한 향수 냄새를 폴폴 풍기며 멀어져 갔다. 화장실에서 돌아온 그녀는 자신들의 테이블에 제라르가 보이지 않아 깜짝 놀랐다. 그녀는 홀 한가운데 그대로 우뚝 멈춰 서서 양손을 허리에 올린 채 사방을 두리번거렸다.

"이런! 어디 간 거야, 이 바보 멍청이는?"

아무도 대답해 주지 않자, 그녀는 일본인 사업가 네 사람이 앉아 있는 테이블 쪽을 돌아보았다.

"이봐요, 혹시 내 남편 못 봤어요?"

웨이터 한 명이 그녀에게 급히 달려와 그 손님은 흡연실로 담배를 피우러 가셨다고 알려 주었다.

"이런 똥멍충이, 그러면 그렇다고 미리 말을 하고 가야지!"

그녀는 자리로 돌아와 앉으면서 쩌렁쩌렁 울리는 목소리로 말을 이었다.

"난 얌전히 화장실에서 돌아왔어. 그런데 젠장! 아무도 없네! 아, 이것 참 재미있는데….."

잠시 후, 제라르는 돌아왔고, 둘은 화해하고는 식전주*로 키르 로열**을 시켰다. 제라르는 그걸 단숨에 들이켜고 즉시 논평을 했다.

"아아아, 캬아, 술맛 한번 끝내 준다!"

그러고 나서 이번에는 제라르가 모니크의 말에 따르면 '번쩍번쩍 광이 나는 변소'에 가기 위해 자리에서 일어났다.

옆 테이블에 앉아 있던 말레이송은 누가 봐도 알 수 있게 넌덜머리가 난 표정을 짓고 있었다. 그가 선택한 앙트레인 《송로버섯 소스로 양념한 송아지 넓적다리 고기》는 질

---

*식전주 : 식욕을 돋우기 위해 식사 전에 마시는 술

*키르 로열 : 프랑스 칵테일의 일종으로, 백포도주와 딸기주를 섞은 것

겨서 제대로 잘리지도 않고 요리조리 포크질을 피해 달아나면서 맴을 돌았다. 화가 난 말레이송은 수첩에다 몇 마디 평을 적었다.

그 정보는 피에르 이브 르캥의 귀에까지 곧장 들어갔다. 게다가 르캥은 말레이송의 식사를 망치려 하는 두 야만인이 홀에 있다는 소식까지 들었다. 상황의 심각성을 감지한 셰프는 그 상스러운 인간들이 더 큰 소란을 피우지 않게 최대한 정중히 대하며 조용히 식사를 끝마치게 하라고 직원에게 지시했다. 그래도 안 된다면 자신이 직접 나설 생각이었다. 그때까지 계속 상황을 보고하도록! 불쌍한 웨이터는 바로 그 순간 우리의 못 말리는 망나니 제라르가 미리 준비해 온 성냥갑에서 죽은 파리 한 마리를 꺼내 모니크 앞에 놓인 ≪레몬 향이 나는 부드러운 산미나리 수프≫ 접시에다 슬쩍 집어넣는 걸 보지 못했다.

"어때, 여보?"

"역겨워, 제라르!"

"그래, 역겹겠지. 하지만 장담하는데, 이것 덕분에 내 사촌 로베르가 특별 우대 가격으로 할인받을 거야! 두고 보라고…. 웨이터! 웨이터!"

웨이터가 총알같이 달려왔다.

"네, 손님?"

"이봐요, 젊은이. 내가 눈이 나쁜 건가, 아니면 우리 마누라의 수프 그릇에 정말로 파리가 들어간 건가?"

접시 위로 몸을 굽힌 웨이터의 얼굴이 하얗게 질렸다.

"아, 맙소사!"

그사이에 제라르는 나이프 끝으로 그 벌레를 떠서 아주 높이 들고 휘둘러 대며 말했다.

"이게 먹는 건가요, 여러분? 이게 고기 요린가요, 뭔가요?"

"죄송합니다, 손님. 즉시 다른 걸로 가져다 드리겠습니다."

제라르가 그를 멈춰 세우고는 말했다.

"쯧쯔! 사장을 불러와요. 르캉 씨를 만나야겠소!"

"사장님은 식사가 다 끝나면 찾아뵐 겁니다."

"난 당장 만나야겠어! 당장 안 나오면 곤란할 것 같은데? 안 그렇소?"

"사장님께 여쭤보겠습니다…."

"그래야지, 빨리 가서 물어보슈!"

6

부뤼가 날뛰다

나무 뒤에 숨어서 지켜보던 로베르 푸티파르는 〈오래된 성〉 안에서 뭔가 심상치 않은 일이 벌어지고 있다는 걸 알아차렸다. 푸티파르는 망원경으로 피에르 이브 르캉이 그의 사촌 테이블 쪽으로 직접 가는 것을 보고, 복수의 제2단계로 넘어갔다. 사다리에서 펄쩍 뛰어내려 폭풍우에 요동치고 있는 배처럼 보이는 자신의 노란 시트로엥 쪽으로 부리나케 달려갔다. 뒤 트렁크 안에서 부뤼가 미쳐 날뛰고 있었다. 트렁크 문을 여는 순간, 녀석은 푸티파르가 붙잡을 새도 없이 밖으로 튀어나와 레스토랑 쪽으로 벌써 저만치 달려갔다. 부뤼는 열린 유리문으로 본능적으로 직진했다.

그걸 본 푸티파르가 녀석에게 소리쳤다.

"그래, 그래, 부뤼! 어서 가! 어서 가서 맛있는 거 많이 먹어! 실컷 먹어! 다 때려 부셔! 네가 부술 수 있는 건 뭐든 다 때려 부수고 난장판을 만들어 버려! 날 위해 복수해 줘!"

로베르는 침대에 누워 안절부절못하며 기다리고 있을 늙은 어머니를 생각했다. 땅 밑의 관 속에 누워 있는 가엾은 아버지도 생각했다. 반 아이들 앞에서 당한 37년간의 쓰라린 고통도 생각했다. 장학 시찰이 있던 그날 아침, 절망감에 처참히 무너져 내렸던 자신의 모습도 떠올랐다. 7×9는… 그건… 어… 그건… 로베르는 교실 맨 뒷좌석에서 꼬맹이 르캥이 지었던 그 끔찍한 미소를 떠올렸다.

"그래 부뤼야, 공격해! 다 깨부숴 버려! 미친 듯이 날뛰어! 날 위해 복수해 줘!"

로베르는 희열을 느끼며 최악의 상황을 상상해 봤다. 하지만 부뤼가 이룬 성과는 그의 예상을 훨씬 더 뛰어넘었다. 열린 유리문 앞에 다다른 그 거대한 동물은 깜짝 놀랄 만큼 높이 뛰어올라 안으로 사라졌다. 푸티파르는 자신의 몸무게가 허락하는 한도 내에서 최대한 빨리 아까 있던 나무로 다시 달려가 단 두 걸음 만에 사다리 위로 올라갔다. 하지만 아쉽게도 너무 늦어서, 부뤼가 레스토랑 안에 착륙하는 광경은 놓치고 말았다. 그가 보지 못한 장면은 정확히 이랬다. 말레이송은 화가 머리끝까지 치밀었지만 가까스로 자신을 억누르며 오른쪽 테이블에서 일어나는 일들을 전부 무시했다. 그렇다고 예의라고는 눈곱만큼도 없는 이 저질스럽고 천박한 인간들 때문에 자신의 소중한 저녁 시간을 망치고 싶진 않았다. 그는 오로지 자신의 일에만 정신을 집중하려고 애썼다. 예를 들자면, 그가 지금 맛보고 있는 이 《헤엄치는 붉은 숭어 요리》에 다른 소스를 썼더라면 더 좋지 않았을까?… 좀 더… 글쎄, 뭐라고 할까? 더 자극적인 소스… 그렇지, 약간 쓴맛이 도는 그런 종류로… 아 그래, 아주 약간… 아주 살짝… 쓴맛이 돈다면 맛이 훨씬 더 고급스러워질 텐데… 생각이 거기까지 이르렀을 때, 그의 접시에 《가벼운 쓴맛》 대신 70킬로그램이나 나가는 엄청나게 더럽고 커다란 개 한 마리가 날아들었다! 부뤼는 고약한 냄새를 온몸으로 풍기며 그 뚱뚱한 배로 말레이송의 테이블을 덮쳐눌러 박살내 버렸다. 식기, 접시, 빵, 유리잔, 헤엄치는 붉은 숭어 요리, 그 모든 게 허공에서 떨어진 개와 충돌하여 말 그대로 산산조각이 났다. 하지만 부뤼에게 이건 겨우 시작일 뿐이었다. 부뤼는 너무 놀라 하얗게 질려 버린 말레이송을 그대로 내버려 둔 채, 곧장 몸을 일으켜 세웠다. 녀석은 엄청난 행복감에 사로잡혔다. 사랑하는 주인 부부가 바로 옆 테이블에 있는 것이다! 부뤼는 사랑에 굶주려 낑낑대고 침을 질질 흘리면서 제라르에게 급히 달려들어 위에서 아래, 아래에서 위로 마구 핥아 댔다. 그런데, 우스꽝스러운 하얀색 연통 같은 걸 머리에 뒤집어쓰고 바로 옆에 서 있는 이 이상한 작자는 누굴까? 이 자가 우리 주인을 위협하고 있었나? 그렇다면 따끔한 맛을 보여 줘야지! 부뤼는 '다리야 날 살려라.' 하며 달아나려는 르캥에게 재빨리 달려들어 왼쪽 볼기짝을 물어뜯었다. 르캥의 바지가 찢어지며 새하얀 엉덩이가 한 조각 드러났다. 르캥은 네 발로 엉금엉금 기어 주방 쪽으로 달아났다. 음, 저 녀석은 이쯤하면 된 것 같고! 나머지 사람들은 그렇게 나쁜 놈들 같진 않았다. 더군다나 그 사람들은 이 상황이 아주 즐겁다는 듯 목청껏 고함을 질러 대며 테이블 위로 기어올랐다. 부뤼는 그들의 환영에 고마움을 표시하기로 했다. 그래서 혀와 꼬리와 날카로운 발톱이 달린 발을 내밀어 사람들에게 차례차례 인사했다. 물론 테이블 아래로 숨으려는 사람들도 빠뜨리지 않고. 어떤 이들은 더 재미난 게임을 원하는지, 도망가는 시늉도 했다. 부뤼는 달아나지 못하게 그들을 가로막고는 이빨을 드러내며 으르렁거렸다. 와, 이거 정말 재미있는데! 그 순간, 부뤼는 사랑하는 여주인 모니크가 엄청나게 날카로운 목소리로 외치는 소리를 들었다.

"부뤼, 그만해! 이리 와, 이 말썽꾸러기 녀석아!"

하지만 그녀는 부뤼가 좀 더 논다고 해도 그리 못마땅해하지 않을 게 틀림없었다. 제라르도 목이 쉬도록 외쳤다.

"멈춰! 이 멍청한 개자식아! 멈추라고!"

하지만 그건 분명히 야단이 아니라 너무 반갑고 귀엽다는 그들만의 표현이었다. 푸티파르는 여전히 삼나무 가지 위에 앉아서 이 광경을 망원경으로 들여다보면서도 믿을 수가 없었다! 그는 그저 이렇게 되풀이했다.

"그래, 부뤼! 그래! 그래에에, 조오오아앉어! 계속해!"

푸티파르는 시내에서 제일 좋은 정육점에서 피가 뚝뚝 떨어지는 등심을 사다가, 이 용감한 개가 죽는 날까지 실컷 먹도록 날마다 몰래 가져다주리라 다짐했다!

보스턴에서 온 미국인 부부는 소동을 피해 치즈를 실어 나르는 트레이 위에 올라선 채 서로를 계속 부둥켜안고 있었다. 연인들의 모습은 언제 어디서나 감동적이군. 부뤼는 그들에게로 풀쩍 뛰어올라, 아주 멀리서 여기까지 와 준 것에 고마움을 표시하듯 미국 신사의 두 발목을 침으로 흥건하게 적셔 주었다. 그 신사의 뚱뚱한 부인은 똑같은 꼴을 당하지 않으려고 거대한 샹들리에 위로 몸을 날렸는데, 그 샹들리에가 천장에서 떨어져 천둥 같은 소리를 내며 일본인들의 테이블 위로 쏟아져 내렸다. 50킬로그램의 회반죽도 동시에 함께 떨어져 내렸다.

"조오오오아았어!"

푸티파르는 거의 울부짖었다. 모두가 공포에 질려서 요령껏 도망치기 시작했다.

"헬프(*Help)!"

영국인과 미국인이 소리치고,

"힐프(Hilfe)!"

독일인이 맞받았다.

"아유다(Ayuda)!"

스페인 출신 웨이터가 외치고,

"오 스꾸흐(Au secours)!"

프랑스인들이 소리 질렀다.

"부뤄, 이리 와!"

제라르와 모니크 상바르디에 부부가 크게 소리쳤다.

"멍멍! 멍멍!"

부뤄가 신이 나서 대답했다.

———————

*모두 '도와줘'라는 뜻 – 옮긴이.

샹들리에와 회반죽에 깔린 일본 사람들만 찍소리도 하지 못하고 있었다.

그때 막 부뤼는 《아기자기한 디저트 케이크들을 담아 놓은 커다란 쟁반》 위에다 거대한 선인장 화분을 뒤엎으면서 갑작스러운 계시를 받았다. 그곳에는 먹을 것들이 널려 있었다! 무진장 많은 맛있는 먹거리들! 접시들에도 맛있는 음식들이 좀 남아 있었고, 테이블들 위에는 아주 많았고, 지금은 특히 바닥에 엄청나게 많았다. 부뤼는 메뉴에서 추천하는 순서를 따르지 않았다. 녀석은 먹을 수 있는 것처럼 보이는 건 뭐든지 덤벼들어 차례차례 먹어 치웠다.

· 새콤한 까치밥나무 수플레 케이크 세 덩어리,

· 버터를 발라 구운 아귀 두 마리,

· 가죽 케이스에 들어 있는 작은 사진기 한 대,

· 콩팥과 브로콜리 안초이 스테이크 네 판,

· 악어가죽 핸드백 하나,

· 송로버섯과 푸아그라를 넣고 바삭바삭하게 구운 비둘기 쿠미르 크루스티앙 네 판,

· 매콤한 인도 음료 라씨에 재어 놓았다가 구운 양고기 2인분,

· 어떤 웨이터가 달아나다가 흘린 행주 한 장,

· 토마토 씨로 요리한 커다란 가재 세 마리.

부뤼가 후추를 뿌린 쇠고기 덩어리와 아몬드 브리오슈 토스트가 범벅이 된 혼합물을 공략하고 있을 때, 마침내 소방차 사이렌이 울렸다. 레스토랑 안내원 하나가 소방서에 신고해야겠다는 기특한 생각을 해낸 덕분이었다. "빨리 와 주세요! 미친개 한 마리가 레스토랑을 난장판으로 만들고 있어요. 네, 맞아요, 〈오래된 성〉! 빨리 와 주세요. 제발! 개가 어마무시하게 커요!"

마침 총을 들고 식당 문을 조심스럽게 민 젊은 소방수는 잔뜩 긴장할 수밖에 없었다. 미친개라고? 게다가 어마무시하게 크다고? 그건 가볍게 생각할 일이 아니었다. 그가 식당 안으로 들어서면서 본 지옥의 묵시록 같은 광경은 그 괴물이 위험하다는 생각을 더욱 굳혀 주었다. 그래서 그는 하마나 코뿔소 같은 대형 포유류를 포획할 때 사용하는 마취 탄을 미리 챙겨 온 자신의 철두철미한 준비성에 뿌듯함을 느꼈다. 그는 맞은편 창문 옆에 부뤼의 거대한 형체가 보이자마자 방아쇠를 당기려 했다. 하지만 부뤼가 그 소방수를 향해 펄쩍 뛰어오르며 달려들었고, 놀란 소방수는 얼떨결에 방아쇠를 당겼다. 안타깝게도 마취 탄은 부뤼 대신 말레이송의 오른쪽 어깨로 날아가 박혔다. 말레이송은 자기가 죽었다고 생각하면서 그 자리에 쓰러졌다. 소방수가 다시 쏜 다섯 발의 마취 탄은 소믈리에, 두 명의 웨이터, 그리고 값비싼 칼바도스를 부어 불을 붙여 한껏 향을 살린 푸른색 바닷가재를 차례로 잠재운 뒤, 비로소 마구 움직여 대는 표적을 맞췄다. 총을 맞은 부뤼는 한순간 비틀거리다가 주인의 발밑으로 가서 뻗었다. 몇 초 뒤, 그 개는 평화롭게 코를 골았다. 그렇게 해서 마침내 완벽한 정적의 순간이 찾아왔다. 디저트 카트에서 크렘 앙글래즈가 타일 바닥 위로 방울방울 떨어지면서 조용히 똑… 똑… 똑… 거리는 소리만 들렸다. 다시 찾아온 정적 속에 제라르가 제일 먼저 입을 열었다.

"저 개를 용서해 주세요… 저 개는 우리 개입니다… 이름은 부뤼예요… 우리 부뤼는 나쁜 개가 아닙니다…."

마법 같았던 그날 저녁, 일어난 사건을 종합적으로 결산하면 피해 상황은 다음과 같다.

· <오래된 성>은 여러 가지 수리 보수를 위해 2주 동안 문을 닫아야 했다(목재 공사, 전기 공사, 회반죽 공사, 벽지 도배, 바닥 공사 및 청소 등등).

· 네 명의 직원이 «정신적 충격»으로 휴가를 냈다.

· 레스토랑 사장 피에르 이브 르캥 씨는 두 종류의 주사를 맞았다. 하나는 광견병 주사, 다른 하나는 파상풍 주사. 가을이 되자 르캥은 가벼운 우울 증세를 보이며 이렇게 끊임없이 되풀이하며 말했다.

"난 아버지와 똑같아. 그래, 난 우리 아버지보다 나을 게 없어…."

· 음식 평론가 도미니크 말레이송 씨는 닷새 밤낮 동안 깊은 잠을 잤
다. 그리고 9월 1일 오후 1시경에 잠에서 깨어나 이렇게 웅얼거렸
다. "계산서 좀 갖다주시겠어요?"

· 개 부뤼는 8시간을 푹 자고 난 뒤 아주 기분이 좋은 상태로 일어났
다. 그 개는 자신의 밥그릇 쪽으로 곧바로 달려갔다. 배가 몹시 고
파서였다.

바로 그 8월 27일, 밤에 집으로 돌아온 로베르 푸티파르는
침대에만 누워 있던 늙은 어머니가 잠옷 바람으로 부엌에 나
와 있는 것을 보았다.

"엄마! 걸을 수 있어요?"

"그래, 로베르. 네가 언제 돌아오나 눈이 빠지게 기다렸단
다. 그래서 침대에 마냥 누워 있을 수가 없었어. 그래 어떻게
됐니? 말해 봐…. 어서!"

그는 너무 흥분해 있어서, 자기가 나무 뒤에 숨어서 목격
한 그 믿을 수 없는 광경을 어린애처럼 두서없이 이야기했
다. 때때로 가장 짜릿하고 통쾌한 장면들은 몇 번이나 되풀
이해 말하기도 했다.

"정말이야, 엄마. 그 뚱뚱한 부인이 샹들리에에 매달려 있

었어! 그리고 르캉은 엉금엉금 기어서 주방으로 달아났어!"

푸티파르의 어머니는 눈물이 날 정도로 웃었다. 그녀는 박수를 쳐 대고, '아, 저런', '오, 세상에'를 연발하며 더 자세히 말해 보라고 재촉했다.

"그래도 설마 사람들한테 오줌을 싸지는 않았겠지?"

"오줌도 쌌어요. 엄마, 부뤼가 오줌을 쌌어…."

이야기를 다 마친 뒤 로베르는 냉장고에서 샴페인 한 병을 꺼내 왔다. 두 사람은 각자 두 잔씩 마셨다. 살짝 술기운이 오른 푸티파르 부인은 배고프다며 빵 한 조각에 다진 돼지고기 스프레드를 두툼하게 펼쳐 발라 꿀꺽꿀꺽 삼켰다. 그녀는 2년 전부터 그 두 가지를 그렇게 한꺼번에 먹은 적이 없었다.

다음 날이 되자마자 푸티파르는 부뤼가 어떻게 〈오래된 성〉 안에 들어가게 되었는지 최선을 다해 사촌에게 변명했다.

"녀석이 나를 뿌리치고 달아났어. 정말 미안해…."

"괜찮아. 녀석은 오랜만에 맛있는 거 실컷 먹었어. 우리도 그렇고. 그리고 나름 신나고 재미있었어. 사람들이 모조리 구석에 처박혀 있었지. 넌 상상도 못 할 거야…."

제라르가 로베르의 마음을 편하게 달래 주었다.

신문, 라디오, 텔레비전에서 모두 ≪부뤼 사건≫을 보도했다. 어떤 데서는 부뤼를 광견병에 걸린 무시무시한 짐승이라고 소개하고, 또 어떤 데서는 착하지만 배가 몹시 고팠던 불쌍한 멍멍이라고 소개하기도 했다. 이렇거나 저렇거나 간에 그 사건 때문에 그동안 잘 나가던 레스토랑 사장이 한순간에 바닥으로 추락했다는 사실은 하나같이 인정했다. 로베르는 신문에서 오려 낸 기사들과 사진들을 복수 노트에 붙였다.

9월 초, 승리를 충분히 맛보았다고 생각한 푸티피르는 마침내 피에르 이브 르캥의 사진에 X 표시를 한 다음, 아주 굵고 붉은 글씨로 그 아래에 이렇게 썼다.

1999년 8월 27일 복수 성공.
사건 종결.

그리고서 그는 고통스럽게 한숨을 내쉬었다. 이제 다음 사건에 착수해야 할 시간이었다. 그때 그 일을 생각하면 로베르는 지금도 속이 메슥거릴 지경이었다. 20년 전인 1978년 6월에 그가 겪었던 그 악몽의 이틀을 어떻게 잊을 수 있을까?

7

끔찍한 테러

그해 여름은 말도 못하게 더웠다. 아이들이 플라스틱 통을 학교에 가져와 화장실 수도꼭지에서 물을 가득 채워, 쉬는 시간 동안 서로의 몸에 물을 끼얹으며 노는 게 습관이 되었을 정도였다. 선생님들은 그 신나는 물싸움을 대부분 너그러이 봐주었다. 사실, 해가 너무 뜨거워서 기껏 물에 축인 몸은 언제 그랬냐는 듯 금세 바짝 말라 버렸다. 실수로 물이 선생님들에게 튀는 일도 있었지만, 그것 때문에 화를 내는 선생님은 없었다. 푸티파르는 마치 우연인 것처럼 선생님들 중에 제일 많이 물벼락을 맞았다. 그는 자기 동료들처럼 그냥 웃어넘기는 척했지만, 마음속으로는 이를 북북 갈았다.

이미 5월부터 자기가 맡은 4학년 학급의 말썽꾸러기들한테 괴롭게 시달리고 있던 참이었다. 오후 4시 30분 종이 울리자마자, 아이들은 우르르 복도로 뛰쳐나가 해방의 기쁨에 고래고래 소리를 지르며 계단을 후다닥 뛰어 내려가곤 했다. 그에게 인사를 하고 나가는 녀석은 단 한 명도 없었다. *이렇게 또 하루가 지나갔군….* 푸티파르는 책상에 앉아 숨을 몰아쉬었다. 마침내 조용해진 교실 안의 정적을 잠시 즐긴 뒤, 천천히 일을 시작했다. 날마다 퇴근하기 전에 어김없이 그랬듯이, 그날도 그 변함없는 의식을 수행했다.

1. 책상과 의자들을 들어 올린다.

2. 칠판을 지운다.

3. 수납장들의 문을 닫는다.

4. 커튼을 친다.

5. 밖으로 나가 열쇠로 교실 문을 잠근다.

6. 화장실을 확인한다.

1978년 6월 15일 목요일 그날, 그 다섯 가지 작업은 아무 문제없이 진행되었다. 일이 틀어진 건 여섯 번째 작업을 시작할 때부터였다.

여기서 4학년의 화장실은 교실 맞은편, 그러니까 복도 바로 맞은편에 위치해 있었다는 사실을 알아둘 필요가 있다. 화장실은 쪼그리고 앉아 용변을 본 뒤 밧줄 끝에 매달린 나무 손잡이를 당겨서 물을 내리는 터키식 화장실이었다. 물을 내릴 때 물이 바닥으로 튀기 때문에 발을 적시지 않도록 조심해야 했다.

화장실 문을 열면서 푸티파르는 예상대로 아이들이 그곳을 별로 깨끗하게 쓰지 않은 것을 보았다. 그는 안으로 들어가 두 개의 작은 시멘트 발판 위에 올라선 다음, 몸을 숙이고 나무 손잡이를 힘차게 잡아당겼다.

그 순간 로베르가 어떤 일을 겪었는지 이해하려면, 적어도 수영장에서 누군가에게 느닷없이 떠밀려 차가운 물속에 빠져 본 경험이 있어야 한다. 갑자기 물이 귀와 코로 들어와 숨이 막히고, 머리가 띵해지며 이상한 세계 속에 갇힌 느낌의 경험 말이다. 푸티파르가 겪은 것도 바로 그런 것이었다. 말그대로 물벼락이 그를 덮치면서 머리부터 발끝까지 흠뻑 적셔 숨을 멎게 했다. 그는 짐승 같은 비명을 내지르며 뒤로 물러났다. 커다란 파란색 플라스틱 대야가 그의 발밑에서 튀어올랐다. 그건 배관 사고도 아니고, 흔한 누수도 아니라는 걸 로베르는 즉시 알아차렸다. 그것은 완전한 테러였다!

오, 이런 쓰레기 같은 놈들! 더럽고, 고약하고, 역겨운 쓰레기들! 어떻게 하지? 우선 숨자.

여자 청소부가 지나갈 수도 있었다. 아니면 그 층에 뭔가 잊어버리고 갔던 동료 교사가 돌아올 수도 있었다…. 푸티파르는 우선 몸을 숨겨야겠다고 생각했다. 그래서 그는 그 범죄에 사용된 대야를 들고 온몸에서 물을 뚝뚝 떨어뜨리면서 교실로 되돌아갔다. 안에서 문을 단단히 걸어 잠그고 틀어박혀, 정신을 가다듬어 보려 애썼다. 몇 분 뒤, 어느 정도 차분히 생각해 볼 수 있게 되었다.

이런 꼴로 학교에서 나가도 될까? 아니.

갈아입을 마른 옷이 있나? 아니.

누군가가 나에게 옷을 가져다줄 수 있을까? 있다.

누가? 엄마.

엄마가 남들 눈에 띄지 않게 옷을 갖다줄 수 있을까? 아니.

이렇게 흠뻑 젖은 옷을 입은 상태로 마를 때까지 기다린다면 시간이 얼마나 걸릴까? 적어도 10시간.

그럼 옷을 벗어 말린다면?

아무리 교실 안에 자기 혼자 있다 하더라도, 옷을 벗는다는 생각은 좀 거북했다. 그는 셔츠부터 벗어 들고 대야에 대고 비틀어 짜기 시작했다. 천에 밴 물기를 최대한 없애기 위해 셔츠를 손바닥으로 탁탁 두둘겨 댄 다음, 그걸 널어놓을 만한 적당한 게 있는지 주위를 둘러보았다. 다행히 한쪽 벽에서 다른 쪽 벽까지 아이들 키 높이로 매달아 놓은 줄이 교실 구석에 있었다. 보통 오려 낸 그림을 걸거나 물감이 덜 마른 그림들을 말리기 위해 설치해 놓은 줄이었다. 나중에 그날의 상황을 돌이켜보며, 푸티파르는 범인들이 그 줄에다 젖은 옷가지를 널어놓게 하려고 일부러 함정을 파 놓았다는 걸 깨달았다! 거기다 옷을 널 수밖에 없도록! 그는 그 줄에다 셔츠를 널었다….

바지를 벗으면서는 얼굴이 붉어졌다. 하지만 어쩔 수 없었다. 푸티파르는 바지도 비틀어 짜서 줄에다 널었다. 그다음에는 양말과 속옷 차례였다.

지금 자기가 팬티 바람으로 교실에 있다는 걸 깨닫자, 로베르는 덜컥 공포에 사로잡혔다. 혹시라도 누가 이 모습을 보기라도 한다면? 하마터면 그는 젖은 옷가지를 다시 입고 그대로 나갈 뻔했다. 하지만 그건 멍청한 짓이었다. 어쨌든 한 시간 정도만 기다리면 충분했기 때문이다.

그래서 로베르는 책상 앞에 앉아 꾹 참고 견뎠다. 몸은 벌써 거의 다 말라 있었다. 그는 자신의 커다란 하얀 배를 내려다봤다. 기름진 살이 접혀 주름이 지면서 출렁거렸다. 운동을 다시 시작한다면 어떨까! 달리기 아니면 자전거. 좀 더 살을 빼서 날씬해지면 훨씬 더 쉽게 결혼할 수 있을지도 몰라…. 하지만 결혼을 하게 되면 강베타 대로의 아파트를 떠나야 하고 늙은 어머니와도 헤어져야 할 텐데…. 이런 생각을 하면서 지금 자신이 교실 안에서 오도 가도 못하는 난처한 상황에 처해 있다는 사실을 차츰 잊어 갔다. 기분도 괜찮아졌고, 모든 게 고요했다. 머리가 조금씩 아래위로 끄덕이다가 마침내 가슴 위로 푹 꼬꾸라졌다. 선잠에 빠져든 것이다.

눈을 떴을 때, 로베르는 자기가 지금 꿈을 꾸고 있는 게 아닌가 하고 생각했다. 그의 바둑판무늬 양말 한 짝이 공중에서 펄럭이고 있었다! 얼이 빠진 그는 양말이 천장 높이 올라가서 마치 그를 비웃듯이 흔들흔들하다가 슝! 하고 사라지는 것을 보았다! 까치발을 하고 팔짝팔짝 뛰어오르며, 다락방의 뚜껑 문이 열렸다가 쾅! 하고 다시 닫히는 것도 때마침 보았다. 로베르가 뭔가 심상치 않은 낌새를 알아차린 바로 그때였다. 두 번째 양말도 날아가 버리고, 셔츠도 날아갔다. 바지는 어디 있는지 보이지도 않았고, 속옷도 마찬가지였다. 줄에는 아무것도 남아 있지 않았다. 그는 화가 나서 대걸레를 들고 천장을 쳤다.

"당장 그것들 내놔! 내 말 들리냐?! 내 옷들 돌려 달라니까!"

대답 대신 희미한 목소리들, 다락방의 마룻바닥이 삐걱거리는 소리, 계단에 이어 복도를 달려가는 발소리가 들렸다.

범인들이 로베르의 옷을 모조리 낚아채 달아난 것이다!

"거기 서!"

로베르는 들릴 듯 말 듯 가까스로 소리치다가 한순간 멍하니 멈췄다. 교사 생활 15년 동안 상상하기도 힘든 온갖 장난들에 수없이 당했다. 하지만 이렇게 끔찍한 장난은 난생처음이었다. 그나마 그에게 실낱 같은 한 줄기 희망이 남아 있었다. 녀석들이 그를 겁주는 정도에서 장난을 멈춰 준다면? 옷가지들을 다락방에 처박아 놓고 달아났다면? 그는 책상을 다락방 문 아래까지 밀고 간 뒤, 책상 위에 올라가서 뚜껑 문을 들어 올렸다. 교실 천장 위의 그 다락방은 잡동사니를 보관하는 장소로 사용하고 있었다. 그곳의 선반 위에는 먼지가 자욱한 교과서들이 쌓여 있고, 구닥다리 복사기와 쓸데없는 서류로 가득 찬 종이 상자가 가득했다. 로베르는 두 팔의 힘으로 문 안으로 기어 올라간 뒤, 몸을 일으켜 세웠다. 다락방 안에서 자신의 옷가지를 낚아 올리는데 사용한 끈과 갈고리가 달린 막대기를 즉시 발견할 수 있었다. 하지만 아무리 뒤져도 그의 옷은 없었다. 셔츠도 바지도 전혀 보이지 않았다. 망나니 녀석들은 아무것도 남겨 놓지 않았다. 줄이 죽죽 간 낡은 칠판에 분필로 남긴 조롱하는 낙서 말고는.

멋진 밤 보내세요, 사랑하는 푸티파르 선생님%

녀석들은 그런 식으로 끝까지 로베르를 놀렸다! 녀석들이 파 놓은 함정을 단 한번도 피하지 못했다! 녀석들이 그를 곯려 먹으려고 미리 파 놓은 함정들을 차례차례 따라갔던 거였다. 화장실, 교실, 빨래줄, 그리고 마지막으로 다락방…. 아이들이 갖고 놀기에 더할 나위 없는 장난감이 되어 준 셈이었다! 더할 나위 없는 멍청이가!

로베르는 부글부글 끓어오르는 분노에 사로잡혀 교실로 다시 내려가다가, 잘못 떨어져 여기저기 생채기가 나고 멍까지 들었다. ≪멋진 밤 보내세요, 사랑하는 푸티파르 선생님!≫ 그러니까 그 개망나니 녀석들은 내가 여기서 꼼짝달싹 못하고 밤을 새야 할 거라고 생각했다. 이거지? 아! 아! 아! 절대로 안 될 말이야! 그는 곧장 전화기로 달려갔다.

벨이 열 번 넘게 울렸지만, 푸티파르 부인은 전화를 받지 않았다. 엄마, 어디 있는 거야? 평소에는 벨이 울리자마자 수화기를 집어 들면서…. 아마 장을 보러 갔을 거야. 푸티파르는 그렇게 생각하고 엄마가 돌아올 때까지 기다리기로 했다. 그는 한 시간 동안 10분마다 한 번씩 전화를 걸었다. 젠장, 엄마는 도대체 어디서 뭘 하고 있는 걸까? 오후 6시경, 전화가 고장 난 게 확실하다는 생각이 든 그는 전화 고장 신고센터에 전화를 걸어 보기로 했다.

"확실히, 그 지역에 문제가 있군요."

여직원이 차분한 목소리로 그에게 설명했다.

"뭐라고요? 거기 살면서 이런 적은 한번도 없었어요, 37년 전에 거기서 태어나서 지금까지 계속 살지만!"

푸티파르는 펄쩍 뛰었다.

"안심하세요, 선생님. 전화선은 금방 복구될 겁니다."

"금방이라니, 그게 언젭니까?"

"내일, 내일 오전 중에요."

그는 전화를 끊고 의자 위에 털썩 주저앉았다.

로베르 푸티파르, 그는 끙끙 앓는 소리를 내며 생각했다.

이렇게 재수 옴 붙은 인간이 이 지구 위에 너 말고 또 있을까?

이제 밤이 될 때까지 참고 기다리는 수밖에는 다른 방법이 없었다. 밤이 오면 어둠을 틈타 아무에게도 들키지 않고 학교 밖으로 살그머니 빠져나갈 수 있을 것이다.

시간은 아주 느리게 흘렀다. 로베르는 교실 안을 왔다갔다 서성거리다가 잡지를 뒤적이기도 하고, 책장에서 뽑아 든 소설을 읽으려고 애를 쓰기도 했다. 그 소설은 실연 당한 발라드 염소 가수 '뽈비크'에 관한 이야기였다. 어느 결에 책은 손에서 굴러떨어졌다. 지금 이 시간, 그의 어머니는 아들이 왜

이 늦은 시간까지 집에 돌아오지 않는 건지 몹시 걱정하고 있을 게 틀림없었다! 엄마가 저녁으로 뭘 준비했을까? 호두 기름을 뿌린 샐러드? 그리고 내가 제일 좋아하는 송아지 크림 스튜? 그는 냄비 속에서 소스가 약한 불에 은은하게 보글보글 끓고 있는 소리가 들리는 것 같았다. 저녁 8시가 되자 견디기 힘들 정도로 배가 고팠다. 도시의 종탑에서 11시 종이 울렸을 때, 이제 밖으로 나가도 되겠다는 생각이 들었다. 그는 자신의 가방을 들고 조심조심 계단을 내려갔다. 그의 팬티는 이제 완전히 말라 있었다. 맨 아래층에 다다른 그는 모퉁이를 돌아 서무실이 있는 복도 쪽으로 나아갔다. 그리고 교무실 앞, 양호실 앞, 교장실 앞을 차례로 지나고 작은 로비를 거쳐 직원용 출입문 앞에 다다랐다. 그의 예상대로 그 문은 자물쇠로 잠겨 있었다. 그는 되돌아가 운동장 쪽으로 나 있는 반대편 문 쪽으로 걸어갔다. 거기서 정문을 넘어 건물을 빙 돌아가면 자신의 낡은 차가 있는 곳에 다다를 수 있을 터였다. 그는 문손잡이를 돌려보았다. 하지만 허사였다. 그 문 역시 자물쇠로 채워져 있었다…. 그런데 학교 건물 밖으로 나갈 수 있는 문은 그 두 개가 전부였다. 아, 안 돼…. 아, 안 돼…. 이제 아무 방에라도 들어가서 창문으로 뛰어내리는 수밖에 없었다. 그는 교장실로 들어가려고 해 봤다. 그 문도 잠겨 있었다. 양호실로 들어가려고 해 봤지만 마찬가지로 잠겨 있었다. 교무실로 들어가려 했지만 그 문도 잠겨 있었다. 1층의 모든 방을 차례차례 시도해 보았지만, 문이란 문은 하나같이 자물쇠로 잠겨 있었다.

멋진 밤 보내세요, 사랑하는 푸티파르 선생님!

8

악몽 같은 아침

로베르는 넋이 나간 사람처럼 3층까지 느릿느릿 다시 올라갔다. 마치 뚱뚱한 유령이 늘 뒤집어쓰고 다니던 하얀 시트를 잃어버리고 완전히 녹초가 되어 어떻게 해야 할지 막막해하는 듯한 모습으로. 자기 교실로 되돌아온 로베르는 시커먼 어둠 속에 몇 분 동안 그대로 교사용 의자에 멍하니 앉아 있었다.

- 여기서 뛰어내리지 않고 이 학교에서 빠져나갈 방법이 있을까? 없다.
- 누군가가 나를 도와줄 수 있을까? 아니.
- 내가 할 수 있는 방법이 뭐가 있을까? 아무것도.
- 내일 아침에 무슨 일이 일어날까? 끔찍한 재앙….

로베르는 책상 아래 개처럼 웅크린 채 가죽 가방을 베개 삼아 잠깐 잠을 잤다. 하지만 새벽 3시 이후로는 더 이상 눈을 붙일 수가 없었다. 배가 너무 고팠다. 할 수만 있다면 카페오레 네 사발과 버터 크루아상 열 개 정도는 단숨에 먹어 치울 수 있을 것 같았다. 동이 트기 시작했지만 그는 억지로 두 시간을 더 참고 기다렸다. 그런 다음 피로에 지친 몸을 이끌고 비실거리며 일어나, 가죽 가방을 손에 들고 1층으로 내려갔다. 아침 7시 35분이었다. 그는 조심스럽게 걸어갔다. 이제부터는 누구라도 불쑥 나타나 그를 깜짝 놀라게 할 수도 있었다. 복도 모퉁이 바로 앞에서 그는 움푹 들어간 벽감 안에 몸을 숨기고 조용히 숨을 내쉬었다. 지금부터 일이 순조롭게 풀린다면, 마르티니크 섬 출신인 여자 청소부가 10분 후에 이곳에 올 거야. 그녀는 직원 전용 출입문으로 들어올 테니까, 여기서 꼼짝하지 않고 있다가 그녀가 등을 돌리는 순간 냅다 달아나는 거다!

시간은 끔찍할 정도로 느리게, 마치 묵주 알을 세듯 1초, 1초 흘러갔다. 마침내 7시 45분 정각에 누군가가 자물쇠에 열쇠를 넣고 돌리는 소리가 들렸다. 그는 벽감 안으로 몸을 더 바짝 갖다 붙이며 숨을 죽였다. 그가 예상했던 일이 지금 그대로 일어나고 있었다. 로베르는 여자 청소부가 왔다 갔다 하면서 물을 받고, 문들을 열고, 청소 도구함을 뒤지는 소리를 들었다. 그러고 나서 긴 정적이 흐르고, 이윽고 복도 모퉁이에 그녀의 모습이 나타났다. 적어도 그에게서 50센티미터 정도 떨어진 거리였다. 그는 벽감 안의 벽에 더욱더 바짝 몸을 붙였다. 만약 저 여자가 나를 발견하면 놀라서 비명을 지를 거야. 하지만 다행히 그 여자는 그를 보지 못하고 난간을 걸레질하면서 계단 쪽으로 천천히 멀어져 갔다.

로베르는 안도의 한숨을 내쉬었다. 목숨이 9년 6개월은 줄어든 것 같았지만, 적어도 달아날 길은 생겼다. 그런데 그가 몸을 일으키고 뛰어나가려는 바로 그 순간, 이런, 젠장! 직원 전용 출입문이 다시 열렸다! 열려 있던 청소 도구함이 숨을 수 있는 유일한 장소였다. 그는 그곳으로 재빨리 뛰어든 다음, 안에서 문을 잡아당겨 닫았다.

그 청소 도구함은 가로 1미터, 세로 2미터가 넘지 않았다. 게다가 창문은커녕 작은 통풍구조차 없었다. 함정이다, 그는 생각했다. 나는 지금 또 다시 끔찍한 함정에 걸려든 거다…. 부글부글 끓어오르는 그의 머릿속에서 온갖 생각들이 마치 산불에 놀라서 이리저리 미쳐 날뛰는 짐승들처럼 달리기 시작했다. 사람들은 팬티만 입고 있는 그를 발견할 것이다! 그는 체포되고! 어쩌면 감옥에 끌려가게 될지도 모른다! 로베르는 귀를 쫑긋 세우고 복도에서 오가는 소리들을 엿들었다.

몇 분 더 지나면 학교가 사람들로 시끌벅적해질 것이다. 그때까지 이곳에서 벗어나지 못하면 그야말로 꼼짝없이 함정에 빠지는 것이다! 등에서 땀이 굴러 떨어지는 것이 느껴졌다.

8시가 되자, 청소 도구함 맞은편의 교무실이 활기를 띠기 시작했다. 로베르 푸티파르는 즐거운 아침 인사와 가벼운 농담, 커피 기계의 익숙한 소리를 들었다. 8시 20분에는 4 학년의 또 다른 담임인 마르티네트 선생의 목소리도 들렸다.

"로베르 선생은 아직 출근 안 했어요?"

아뇨, 나 여기 있어요! 나 여기 있어, 하지만 정말로 여기가 아닌 다른 곳에 있고 싶어!

로베르가 웅얼웅얼 대답했다.

8시 22분, 운동장 맞은편의 정문이 삐걱거리는 소리를 내면서 아이들이 학교 안으로 들어오기 시작했다. 동료 교사들은 교무실을 떠났다. 푸티파르는 청소 도구함 안쪽에 몸을 바짝 붙인 채 자신과 불과 몇 센티미터 떨어진 거리에서 그들이 지나가는 것을 귀로 확인했다.

"누구 로베르 선생님 본 사람 없어요?"

5학년 담임인 어떤 선생이 물었다.

"아뇨."

다른 이들이 대답했다.

"다른 사람도 아니고 코끼리만 한 뚱땡이 로베르 선생이 출근했으면 못 봤을 리가 없잖아요!"

누군가가 그를 놀려 댔다.

웃음소리는 멀어져 갔다. 그리고 나서 계단을 올라오는 소란스러운 소리가 들렸다. 아이들이 평소처럼 시끌벅적하게 줄지어 자기 교실을 찾아가고 있었다. 이제 운동장에는 로베르 푸티파르가 담임인 4학년 학급밖에 남지 않았다. 8시 40분에 교장 선생님이 운동장으로 걸어 나와 스물다섯 명의 그 반 아이들에게 알렸다.

"푸티파르 선생님은 오늘 결근하셨어요. 여러분은 오늘 각각 다른 반으로 흩어져 수업을 받게 될 거예요."

"우와아아아, 이야오오호!"

열 명 정도의 아이들이 승리의 함성을 요란하게 내질렀다.

"조용!"

교장 선생님이 그 아이들을 매섭게 나무랐다.

로베르 푸티파르는 청소 도구함 안에서 나무 문에 머리를 기댔다. 그러니까 저 아이들이 저 정도로 날 싫어하고 있었구나….

8시 42분, 학교는 다시 조용해졌다. 이제 어떻게 해야 할까?

15분 동안 푸티파르는 손가락 하나 까딱하지 못할 만큼 깊은 절망에 사로잡혔다. 그러다 문득, 눈물을 먹고 자란 듯한 어떤 새로운 의지가 머릿속에 싹텄다. 어쨌거나 이렇게 막다른 굴 안으로 내몰린 토끼나 다름없는 신세가 된 이상, 죽기 아니면 살기로 어떻게든 방법을 찾아봐야 했다! 그래! 교장실 창문은 직원용 주차장 쪽으로 나 있다…. 만약 그가 교장실로 들어가 창문으로 나갈 수만 있다면, 울타리를 따라가다가 잔디밭을 몇 미터 정도 가로질러 냅다 달려가면 될 것이다. 그런 다음 주차된 차들 사이로 이리저리 몸을 숨기면서 그의 차가 주차된 곳까지 갈 수 있을 것이다. 그렇게만 된다면 이 난관을 무사히 벗어날 수 있을 것이다! 쉬는 시간이 되기 전인 10시에 행동을 개시하는 게 가장 좋을 듯했다! 로베르는 천천히 손잡이를 돌려 아무도 없는 복도로 조심스럽게 고개를 내밀었다. 심장이 두근거렸다. 그는 다음과 같은 명패가 붙어 있는 문까지 빠른 걸음으로 다가갔다.

교장
마담 마테봉

푸티파르는 손을 들어 올린 채 잠시 망설였다. 마담 마테봉은 자기 말이 무조건 옳다고 생각하고 밀어붙이는 마흔 살 먹은 교장이었다.

푸티파르는 스스로를 한껏 격려하며 용기를 북돋았다. 자, 로베르, 이 난관을 벗어나야 해! 용기를 내!

로베르는 가볍게 세 번 문을 두드렸다. 아무런 대답이 없었다. 그래서 이번에는 좀 더 세게 두드려 보았다. 역시 조용했다…. 문을 밀고 안으로 들어갔다. 교장실 안에는 아무도 없었고, 창문이 반쯤 열려 있었다. 로베르는 창가로 재빨리 달려가 창문을 활짝 열고 주차장에 서 있는 자신의 노란색 시트로엥을 눈으로 찾아냈다. 자동차가 자신을 부르는 것 같았다. '나의 로베르, 어서 와서 빨리 올라타, 내가 널 여기서 먼 곳으로 데려다줄게!' 로베르는 시간을 허비하지 않고 즉시 창틀을 뛰어넘어, 몸을 반으로 완전히 접다시피 웅크린 자세로 울타리를 따라 빠르게 나아갔다. 잔디밭 위를 달리는 동안 로베르는 쓸데없이 크고 육중한 자신의 몸을 저주했다. 자신의 이런 모습은 몇 킬로미터 떨어진 곳에서도 사람들의 눈에 띌 게 틀림없었다! 로베르는 전쟁터에 나간 군인처럼 몸을 던져 배를 깔고 엎드려서 기어갔다. 몸도 마음도 기진맥진한 상태로 주차장에 다다라서야, 몸을 반쯤 일으켜 자신의 차까지 엉금엉금 네 발로 기어가기 시작했다. 아무에게도 들키지 않기를 간절히 바라면서! 로베르는 끙끙거렸다. 혹시라도 들키는 날엔, 학교에서 잘리고 말 거야…. 마침내 목표 지점까지 도착했을 때, 느닷없이 벼락이 머리를 세차게 내리쳤다. 자동차 열쇠! 그건 가방 안에 있었다! 청소 도구함 안에! 오, 안 돼애애애! 그는 2미터나 되는 큰 키를 다시 최대한 웅크린 채 왔던 길을 되돌아갔다. 그리고 딱하게도, 창문을 다시 넘어 교장실 안으로 되돌아갔다. 빨리! 청소 도구함으로 가서 재빨리 가방을 갖고 나와야 한다! 하지만 교장실에서 나오려고 문손잡이를 잡으려는 순간, 손잡이가 저절로 돌아갔다. 누군가가 들어오고 있었다.

"푸티파르 선생은 어머니와 함께 살고 있다고 하던데요?"

그건 처음 들어보는 목소리였다. 혹시 경찰인가?

"맞습니다. 어쨌든 일단 들어오시죠…."

교장 마담 마테봉이 대답했다.

푸티파르는 교장실 안쪽에 있는 커다란 철제 캐비닛 안으로 황급히 뛰어들었다. 그리고 그 안에서 두 손으로 잠금장치 봉을 단단히 움켜잡았다. 온몸을 부들부들 떨면서, 사람들이 교장실 소파에 앉아 나누는 대화를 들었다.

교장 : 그래요, 푸티파르 선생은 어머니와 함께 살고 있어요. 게다가 어머니가 연세가 아주 많답니다.

경찰 : 오늘 아침 저희한테 신고한 게 바로 그분입니다. 밤새 한숨도 못 주무셨다더군요. 아드님 때문에 걱

정을 아주 많이 하고 계십니다.

푸티파르 : (캐비닛 안에서) 엄마, 오, 엄마, 미안해.

또 다른 경찰 : 푸티파르 선생님이 독신이라는 건 알고 있
지만, 음… 뭐라고 해야 할까, 혹시 사귀는
여자 분이 있습니까? 그러니까 밤을 함께
보낼 여자 친구가 있나요?

교장 : (자기도 모르게 웃음을 터뜨리며) 오, 아뇨! 제가 아는 한
여자 친구는 없어요.

푸티파르 : (캐비닛 안에서) 뭐가 그리 우스운 거야, 이 할망구야. 왜 나
한테 여자 친구가 없을 거라 생각하는 거야, 응?

두 번째 경찰 : 푸티파르 선생님은 이 학교에서 오래 근무
하셨죠?

교장 : 네, 아주 오래 근무했어요. 우리 학교에 부임한 지
가 그러니까… 잠시만요, 캐비닛 안에 이력서가 있
으니까 가져올게요.

푸티파르 : (캐비닛 안에서) 안돼애애애애! 제에바아아알!

첫 번째 경찰 : 그럴 필요까진 없습니다, 교장 선생님.

교장 : 아니에요, 금방 찾아올 수 있어요….

푸티파르 : 경찰이 괜찮다고 말했잖아, 이 고집불통 할망구야!

첫 번째 경찰 : 뭐, 좋으실 대로 하세요….

푸티파르 : 살려 줘! 도와줘!

교장이 캐비닛의 손잡이를 돌렸다. 하지만 밖에서 그 문을 열려면 황소 두 마리가 필요할 만큼 푸티파르가 젖 먹은 힘까지 다해 안에서 잡아당기고 있었다.

여교장 : 이런! 문이 꼼짝도 안 하네….

두 번째 경찰 : 도와드릴까요?

푸티파르 : 저 자는 왜 또 끼어들고 야단이야?

이번에는 두 번째 경찰이 문손잡이를 잡고 당겼다. 하지만 마치 문틀 사이를 땜질한 것처럼 문은 꼼짝도 하지 않았다.

첫 번째 경찰 : (자리에서 일어나며) 둘이서 같이 당기면….

푸티파르 : (한껏 버티며) 원한다면 열 명이라도 덤벼 보시지! 나치 같은 놈들!

두 경찰은 캐비닛이 거의 뒤엎어질 정도로 세차게 흔들어 댔다. 안에서는 푸티파르가 수탉처럼 시뻘게져서 이를 악물고 안간힘을 쓰고 있었다.

교장 : 그만두세요, 고장 났나 봐요…. 오후에 자물쇠 수리
공을 불러 고쳐야겠네요….

경찰들은 다시 자리에 앉지 않았다. 탐문 조사는 끝났다.
그들은 교장에게 고맙다는 인사를 한 뒤 교장실을 떠났다.

경찰 : 푸티파르 선생님이 나타나면 지체 없이 저희한테
연락 주세요, 교장 선생님….
교장 : 네, 꼭 연락드릴게요….

마테봉 교장은 점심시간이 될 때까지 교장실에서 한번도
나가지 않았다. 맙소사, 로베르는 너무 힘들었다! 다리가 저
려 주저앉을 것처럼 휘청거렸다. 등이 쑤시고 머리가 아프
고, 배가 고프고 목이 말라 죽을 것 같았다. 11시 15분경, 선
채로 잠이 든 로베르는 무시무시한 꿈까지 꾸었다. 팬티만 입
은 채 교장실 캐비닛 안에 갇힌 자신을 경찰이 찾는 꿈이었
다! 몇 분 뒤, 잠에서 깬 로베르는 그게 꿈이 아니라 현실이라
는 것을 깨닫고는, 너무 슬프고 한심해서 터져 나오는 울음을
막기 위해 주먹을 꽉 깨물었다. 11시 30분, 종이 울리고 아이
들이 모두 교실을 떠났다. 11시 45분, 학교는 조용했고, 교장

선생도 드디어 교장실에서 나갔다. 푸티파르는 지쳐서 기진맥진한 채 캐비닛에서 나와 청소 도구함까지 들키지 않게 살금살금 걸어갔다. 거기서 자신의 가방을 되찾은 다음, 몇 시간 전에 지나갔던 길을 똑같이 되짚어 나갔다. 교장실, 창문, 잔디밭, 주차장. 그리고 마침내 노란색 시트로앵의 운전석에 앉았다. 차에 힘차게 시동이 걸리자, 너무 고맙고 대견해서 핸들에 마구 입맞춤을 퍼부었다. 잘했어, 우리 아가, 날 데려다 줘. 자, 어서 날 데리고 이곳을 떠나 줘…. 날 데리고 가 줘….

9

조사

로베르 푸티파르가 학교에서 자기가 어떤 일을 겪고 얼마나 고생했는지 전부 얘기하자, 어머니는 일단 학교에 출근부터 해야 한다며 지금이라도 빨리 다시 학교로 돌아가라고 말했다. 그래서 로베르는 오후 수업 시간에 맞춰 다시 학교로 갔다. 동료 교사들과 교장에게 무조건 잘못했다고 사과했지만, 무엇 때문에 늦게 출근했는지에 관해선 얼렁뚱땅 얼버무리며 사실대로 말하지 않았다. 그렇게 로베르 선생이 오전에 출근하지 않은 이유와, 그럼에도 그의 차가 주차장에 세워져 있었던 이유는 수수께끼로 남았다. 하지만 모두가 쉽게 그를 용서했고, 그 일은 빠르게 잊혀졌다.

단, 로베르와 그의 어머니는 그 일을 결코 잊을 수가 없었다. 조사는 쉽지 않을 것 같았다. 아이들에게 캐물어 봤자 조롱만 더 당하고 헛수고만 할 게 분명했다. 푸티파르는 양쪽 허리에 주먹을 올린 채 버티고 서서 핏대를 세우며 이렇게 호통 치는 자기 모습을 상상해 보았다. ≪그래서? 너희들 중에 누가 감히 화장실에 물 폭탄을 설치한 거지? 내가 학교에서 팬티 바람으로 거의 24시간 동안 꼼짝도 못하고 갇혀 있었다는 걸 알아, 응? 자, 누가 그랬는지 어서 자수해!≫

아니, 로베르는 그런 짓을 할 정도로 멍청하지는 않았다. 그의 어머니가 그러면 안 된다고 그날 저녁 조언하기도 했다. 푸티파르 부인은 세탁한 옷들을 다림질하고 있었다. 스팀다리미가 젖은 천에 닿을 때면 마음을 달래 주는 작은 숨소리 같은 것이 났다. 푸티파르는 소파에서 눈을 감고 무릎에 책을 올려놓은 채, 그 부드러운 음악을 들었다. 그에게는 바로 그런 순간보다 더 안전한 순간은 없는 것처럼 느껴졌다. 마치 어린 소년 시절로 되돌아간 것 같았다.

"로베르"

푸티파르 부인이 갑자기 침묵을 깨뜨리며 말했다.

"있잖니, 프랑스어 시간에 그 아이들에게 그 주제로 글을 써 보라고 해 봐…."

그게 무슨 말인지 로베르는 이해되지 않았다.

"그러니까 무슨 얘기냐 하면, 그 코흘리개들에게 작문 주제로 이런 걸 내 보란 말이야. ≪너희들이 누군가에게 아주 재미난 장난을 쳤다. 그걸 주제로 글을 써 보도록….≫"

"하지만 엄마, 아무리 그래도 범인들이 그렇게 쉽게 자백할 리가 있겠어?"

로베르가 한숨을 내쉬며 말했다.

"오, 그렇지 않아! 있지, 로베르, 그 꼬마 불한당들은 연쇄 살인범들하고 똑같아. 자신들이 범인이라는 걸 끝까지 아무도 모른다면 죄를 저질러도 기쁨을 누릴 수 없지 않겠니? 걔들은 거기서 기쁨을 느끼고 싶어 해! 사람들이 자신들을 대단하게 생각하면서 놀라길 바란다고! 어처구니 없지만, 자신들이 한 짓이 알려지길 바란다니까!"

"정말 그럴까?"

푸티파르는 믿기지 않는다는 듯 되물었다.

"틀림없어! 하나같이 들통나길 바란단다. 내 말을 믿어. 걔들이 실토하도록 살짝 거들어 주기만 하면 돼. 그러면 녀석들은 이때다 하고 그 기회를 낚아챌 거야. 아, 물론 범인들이 그 물 폭탄 이야기를 대 놓고 하진 않을 거야. 나도 그 정도는 예상할 만큼 똑똑해. 녀석들은 분명 다른 얘길 하겠지. 하지만 위험한 장난을 친 걸 알리고 싶어 안달이 났을 건 분명해…. 그걸 우리가 알아차리게 힌트를 주고 싶어 입이 근질근질할걸."

"엄마가 그렇게 생각한다면야…."

그다음 화요일, 오전 쉬는 시간이 끝난 뒤, 로베르 푸티파르는 선생님다운 멋진 글씨체로 칠판에다 마지막 프랑스어 작문 주제를 썼다. 그의 어머니와 그는 모든 걸 자신들에게 유리하게 만들기 위해 머리를 맞대고 궁리한 끝에 다음과 같은 문장을 만들어 냈다.

오늘의 작문 주제

다른 이에게 자랑하고 싶을 만큼 멋지게 어른을 놀려 먹은 적이 있다면, 그것에 관한 글을 써 보시오.

가을 숲속 산책길 묘사 같은 주제에 익숙해 있던 4학년 아이들은 몹시 놀랐다. 평소의 푸티파르가 내줄 만한 작문 주제가 아니었다. 하지만 아이들은 주제가 아주 재미있다고 생각하는 것 같았다. 열심히 글을 써 내려가기 시작했다.

그날 저녁, 설거지를 서둘러 끝낸 푸티파르와 그의 어머니는 부엌 테이블 위에 스물다섯 권의 노트를 올려놓고, 아이들의 작문을 하나하나 꼼꼼히 읽기 시작했다. 그런 모습은 얼핏 보면 마치 열성적인 선생님들 같아 보였다. 한 소년은 삼촌의 장화에 죽은 쥐를 집어넣은 적이 있다고 으스댔고, 또 어떤 아이는 자기 할아버지의 팔순 생일 케이크 위에 생크림을 걷어 내고 대신 면도용 크림을 발라 놓았다며 자랑스러워했다…. 한 여자애는 자동차 라디에이터 안에 쫀득쫀득한 카망베르 치즈를 쑤셔 넣었고, 또 어떤 여자애는 자기 아버지의 전화 수화기에다 본드를 잔뜩 발라 놓았다. 하지만 그 어떤 작문에도 물이나, 대야, 심지어 학교 얘기는 나오지 않았다. 푸티파르 부인은 투덜거리며 마지막 노트를 덮었다.

"우리가 뭔가를 놓친 게 틀림없어. 전부 다시 읽어 봐야겠다, 한 줄 한 줄, 정신을 집중해서!"

"엄마, 그래 봐야 아무 소용없을 거야…. 그놈들은 그렇게 호락호락한 애들이 아니야, 그렇게 멍청하지 않다고…."

푸티파르가 볼멘소리를 했다. 그래도 두 사람은 노트를 서로 바꿔 처음부터 다시 읽기 시작했다. 카망베르 치즈, 면도용 크림, 본드… 푸티파르는 더는 참을 수 없었다. 그런 말도 안 되는 짓거리를 하고 으스대는 꼴들이 화가 나서 미칠 지경이었다. 게다가 그 작문들은 하나같이 틀린 철자로 가득했다! 이런 한심한 녀석들을 가르치고 있었다니! 그리고 들키지 않으려고 억지로 지어 낸 그 이상야릇한 이름들은 또 어떻고. 알리크 씨, 트레보르 부인….

"금방 뭐라고 했니?"

푸티파르 부인이 소스라치며 놀랐다.

"트레보르 부인…. 이 놈은 자신의 희생양을 ≪트레보르 부인≫이라고 불렀어… 웃기는군…."

"트레보르? 그건 네 이름 철자를 거꾸로 한 거잖아!"

"어떻게?"

"트레보르(TREBOR)를 거꾸로 읽으면 로베르(ROBERT)가 되잖니!"

푸티파르 부인은 펄쩍 달려들어 아들 손에서 그 노트를 거의 뽑듯이 낚아채 갔다. 그건 크리스텔 기요라는 여자애의 노트였다.

"자, 어디 보자. 이 계집애가 또 뭐라고 썼나? ≪그 일은 ~~오뢔~~ 오레 전 겨울에 이러낫다.≫"

"시작부터 새빨간 거짓말이야. 그 일은 얼마 전 여름에 일어났는데…."

푸티파르가 한숨을 쉬며 말했다.

"하지만 좀 봐. 만약에 모든 걸 거꾸로 읽으면 어떨까? 트레보르처럼! 이 애가 써 놓은 걸 전부 반대로 이해한다면….”

“정말 그럴까, 엄마?”

“어디 보자. 내가 문장을 하나하나 떼어서 읽을 테니, 너는 그 문장이 의미하는 것과 반대로 말해 봐!”

“그러지 뭐.”

“≪그 일은 오좌 오레 전 겨울에 이러낫다.≫”

푸티파르 부인이 처음부터 다시 읽었다.

“그 일은 얼마 전… 여름에… 일어났다.”

푸티파르가 반대로 말했다.

“≪날씨가 아주 추엇다.≫”

“날씨가 아주… 더웠다.”

“≪나는 장낭 작난을 칠라고 언니에게 도아달라고 했는데 그 애는 실타고 했다.≫”

“나는 장난을 치려고 오빠에게…”

“아니, 여동생에게!”

푸티파르 부인이 고쳐 말했다.

“… 여동생에게 도와 달라고 했는데 그 애는… 좋다고 했다. 엄마, 기요는 쌍둥이야, 그 애의 쌍둥이 여동생도 우리 반에 있어! 둘은 늘 붙어 다녀! 이야기가 딱 들어맞네! 딱 들어맞아!”

"≪나의 희생냥은 키가 작고 빼빼 마른 여자, 트레보르 부인이었다≫"

그의 어머니가 계속 읽어 나갔다.

"우리의 희생양은… 키가 크고… 뚱뚱한 남자, 로베르 씨였다. 이 못된 계집애! 쥐방울만 한 게, 앙큼하고 못된 계집애!"

"≪나는 화장실 바닥에 잉걸불을 ~~노았다~~ 노왔다.≫"

"우리는 놓았다… 어…."

"물을! 물, 로베르! 불, 그러니까 잉걸불의 반대는 물이잖아! 계속해!"

"우리는 물을 놓았다… 화장실 천장에."

두 사람 모두 이제 기요의 그 작은 노트에 거의 코를 박다시피 하고 샹폴리옹이 고대 이집트 상형 문자를 해독할 때만큼이나 흥분해서 그 문장들을 해석하고 있었다.

"≪트레보르 부인이 드러왔을 때, 그 부인의 발이 불에 약깐 탓따, 하지만 다른 데는 하나도 안 탓따.≫"

푸티파르 부인이 계속 읽어 나갔다.

"로베르 씨가 들어왔을 때, 그의 머리와… 온몸이… 물에 흠뻑 젖었다."

"≪그래서 트레보르 부인은 오슬 모두 입었다….≫"

"그래서 로베르 씨는 입은 옷을 모두 벗었다…."

"《…그리고 그녀는 나갔다, 옷을 ~~완준어~~ 완저니 다 입고…》"

"그리고 그는 그 안에 그대로 있었다, 팬티만 입은 채로…"

"《… 잠시 동안》"

"… 아주 오랫동안. 아, 엄마, 엄마! 내 손으로 그 계집애 숨통을 조여 놓을 수도 있어! 못된 계집애! 쥐콩만 한 못된 계집애!"

"잠깐, 로베르. 아직 끝나지 않았어. 잘 들어 봐. 이건 최악이야. 《나는 나의 작난이 별로 자랑스럽지 안타….》"

"우리는 우리의 장난이 아주 자랑스럽다…."

푸티파르는 끙끙 앓는 소리를 내며 기요의 문장을 해독했다.

"《…그리고 나는 다시는 그런 작난을 하고 싶지 안타!》"

"… 그리고 우리는 또 그런 장난을 하고 싶다!"

이 마지막 문장에, 로베르는 더 이상 분노를 참을 수 없었다. 그는 그 노트를 움켜잡고 반으로 찢은 다음, 다시 네 쪽, 여덟 쪽, 열여섯 쪽으로 발기발기 찢었다. 마지막으로 그는 그 조각들을 바닥에 집어던지고 짓이겨지도록 꾹꾹 밟으며 비벼 댔다.

"그 계집애들한테 되갚아 줄 거야! 아, 정말 못된 계집애들! 백 배로 갚아 줄 테다! 그 애들을… 그 계집애들을 망가뜨려 버릴 거야!"

푸티파르는 눈물이 터져 나오기 일보 직전이었다. 그의 어머니가 다시 한번 진정하라고 충고했다. 어떤 일이 있어도 섣불리 대응해서는 안 되었다. 그 여자애들은 자신들이 의심받는 것에 무척 만족스러워할 테고, 때를 기다렸다 복수하는 게 훨씬 더 달콤하고 효과적일 것이다.

목요일, 푸티파르는 맞춤법이 틀린 곳들을 고치고 감상을 적어서 노트를 아이들에게 돌려주었다. 물론 크리스텔 기요의 노트만 빼고. 기요는 자기만 노트만 돌려받지 못한 것에 놀란 표정을 지었다. 로베르는 아주 상냥한 목소리로 이렇게 말했다.

"내가 가르친 학생들을 기념하기 위해 일 년에 한 권씩 작문 노트를 뽑아서 간직한단다. 올해는 네 노트가 선정됐어. 네가 쓴 글이 아주 마음에 들었거든. 거기에 뭐 불만이라도 있니, 크리스텔?"

"전혀요."

그 여자애가 대답했다. 그 눈에 어린 뻔뻔스러움을 보자, 푸티파르는 그 자리에서 그 아이를 때려눕히고 싶은 걸 가까스로 참느라 어금니를 깨물어야 했다.

10

두 번째 복수

그 후로 20년이 넘는 세월이 흘렀지만, 크리스텔 기요와 쌍둥이 자매 나탈리 기요는 여전히 그 도시에서 한 발자국도 벗어나지 않고, 심지어 그 마을을 벗어난 적도 없었다. 그래서 푸티파르가 집 밖으로 코를 내미는 순간부터 어쩔 수 없이 그 쌍둥이를 마주칠 때가 많았다. 쌍둥이는 매번 재빠르게 로베르에게 인사를 했기 때문에 그도 인사를 받아 줘야만 했다.

"안녕하세요, 푸티파르 선생님!"

쌍둥이 자매는 활짝 웃으며 외쳐 댔다.

"그래, 얘들아, 잘 지냈니…."

로베르는 쌍둥이 자매와 눈을 마주치지 않으려고 애쓰며

수염 속에서 웅얼거렸다.

하지만 집으로 돌아오자마자 그는 화가 부글부글 끓어올랐다. *여우 같은 것들! 어쩌면 저렇게 앙큼하고 낯짝이 두꺼울까! 그래, 둘 다 요리조리 잘도 빠져나갔다. 이거지?* 초등학교를 졸업하고 몇 년 동안 두 자매는 동네 미용실에서 미용 일을 배웠다. 그러고 나서 크리스텔은 푸티파르의 집에서 아주 가까운 미용실에 취직했다. 그다음 달, 그녀는 아주 자연스럽게 그 미용실에 자기 동생을 끌어들였다. 두 자매는 구분하기 힘들 정도로 닮았다. 둘 다 키가 크고 늘씬한 데다 매력적이고 자신감이 넘쳤는데, 늘 화장을 진하게 하고 터질 듯이 꽉 끼는 흰 바지를 입고 다녔다. 1998년에 쌍둥이의 아버지가 갑자기 세상을 떠나자, 두 자매는 생각지도 못했던 유산을 상속받게 되었다. 1년 동안 망설인 끝에 그녀들은 중대한 결단을 내렸다. 그렇게 해서 1999년 6월말, 로베르 푸티파르가 그녀들의 이름을 자신의 복수 노트에 쓰고 있던 바로 그 순간에, 크리스텔과 나탈리 기요 역시 자신들의 이름으로 부동산 계약서에 서명하고 있었다. 쌍둥이 자매는 그동안 종업원으로 일하던 미용실을 인수해 주인이 되었다.

푸티파르 부인은 이번엔 자기가 나설 때라고 생각했다. 미용실은 남자가 쉽게 드나드는 장소가 아니니까.

"너 혼자서 르캥 사건을 해결했어. 이번에는 이 엄마도 힘을 보태고 싶구나. 일단 그 미용실에 가서 내 눈으로 직접 한번 봐야겠다. 이 기회에 털도 좀 뽑고, 어떻게 생각하니?"

푸티파르는 엄마의 턱과 뺨, 귓속에 수북히 자란 털을 보고는 늙은 어머니를 굳이 말리지 않았다.

"좋을 대로 해요. 하지만 난 엄마가 밖으로 나가기 전에 식사부터 든든히 했으면 좋겠어. 금방 몸이 지칠 거야…."

"네 말이 맞다, 로베르. 말이 나온 김에 퓨레랑 말고기 스테이크를 조금 먹어 둬야겠구나…."

부뤼 덕분에 승리를 맛본 이후로 푸티파르 부인은 깜짝 놀랄 정도로 빠르게 기력을 되찾았다. 아침 일찍 일어나고, 잠시 낮잠을 잘 때를 제외하곤 온종일 침대에 눕지도 않았다. 복도를 왔다 갔다 하며 운동도 하고, 그 덕분에 식욕도 되찾았다. 오히려 로베르가 걱정할 정도였다.

"그렇게 먹고도 소화가 잘 돼, 엄마?"

한낮이 되었을 때 로베르는 아파트 맨 아래층까지 엄마를 따라가서 엄마가 멀어져 가는 것을 바라보았다. 맙소사, 엄마는 깜짝 놀랄 만큼 키가 컸다! 늘 누워 있는 모습만 보다 보니 그 사실을 까맣게 잊고 있었다. 푸티파르 부인은 지치기는커녕 오히려 기운이 펄펄 넘치는 모습으로, 불과 15분 만에 되돌아왔다.

"문을 닫았더구나. 하지만 그 쌍둥이와 만나서 이런저런 이야기를 나눴어. 그리고 쓸 만한 정보도 몇 가지 알아냈지…. 가게를 새로 오픈한다고 리모델링 공사를 3주 정도 한다더라. 그리고 새 가게 이름도 알아냈어. 한번 맞춰 봐, 뭐라고 지었을 거 같니?"

"글쎄, 모르겠는데…."

"크리스탈리 미용실. 둘의 이름을 한데 섞은 거야."

"크리스탈리 미용실…. 옛날이나 지금이나 말장난 좋아하는 건 여전하군. 가소로운 것들…."

푸티파르가 비웃듯이 말했다.

"개업식은 9월 마지막 토요일에 할 거래. 미용실 뒤쪽에 있는 작은 정원에서."

푸티파르 부인이 계속 말했다.

"그런데 놀라지 마. 나도 개업식에 초대를 받았어! 자, 봐!"

가장자리에 은색무늬를 두른 그 타원형 초대장은 진한 장미향이 났다. 의외로 쌍둥이 자매의 안목은 제법 세련된 것 같았다! 푸티파르 부인은 광고 전단지도 함께 가져왔다.

"어떻게 생각하니, 로베르?"

"엄마가 일을 멋지게 해낸 것 같아. 잘했어, 엄마."

그들은 잠시 곰곰이 생각에 잠겼다. 이제 통쾌하고 달콤한 복수 방법만 생각해 내면 되었다. 그런데 아이디어가 쉽게 떠오르지 않았다. 로베르가 마침내 밝은 미소를 씩 짓기까지 꼬박 사흘이 걸렸다.

"있지, 엄마. 개업식 날 나도 가야겠어. 초대장은 없지만 내 방식대로 그 자리에 참석할 거야…."

그다음 날과 그 다음다음 날, 로베르는 공중전화로 전화를 거느라 적어도 열 번은 아파트를 오르락내리락했다. 푸티파르 부인은 그것 때문에 약간 화를 냈다.

"로베르! 도대체 누구한테 그렇게 전화를 하는 거니? 함께 복수하기로 하고선 나한테까지 도대체 뭘 숨기는 거야?"

"죄송해요, 엄마. 하지만 깜짝 놀랄 일을 준비 중이니까 조금만 기다리세요!"

로베르가 자신있게 대답했다. 그런 다음, 로베르는 대형 공구점에 가서 작업복 한 벌, 원예용 장갑, 고무장화, 방진 마스크 열 장 정도를 사 가지고 돌아왔다. 장비를 갖춘 그는 일주일 동안 매일 밤 11시경에 외출했다. 그리고 다음날 새벽, 땀에 흠뻑 젖고 귀까지 더러워진 몰골로 고약한 냄새를 풀풀 풍기면서도 뭐가 그리 좋은지 입이 귀에 걸린 표정으로 돌아오곤 했다. 로베르는 입었던 더러운 옷가지들을 욕실 문 앞에 홀랑 벗어 던지고 휘파람을 불면서 샤워를 했다. 푸티파르 부인은 손가락 끝으로 그 옷들을 집어 세탁기에 집어넣었다.

"그런데 얘, 로베르⋯. 도대체 어디서 뭘 한 거니? 시궁창에라도 빠진 거야? 아니면 마구간 청소라도 하러 다니는 거니?"

마침내 어느 일요일 아침, 그달 12일. 로베르는 장롱에서 오래전부터 사용하지 않았던 낡은 여행 가방을 꺼내, 거기다 세면도구와 옷 몇 벌을 쑤셔 넣고, 엄마에게 볼 키스를 하며 말했다.

"엄마, 2주일 정도 어디 좀 다녀올게. 걱정하지 마세요."

"2주일이라고! 대체 어딜 가는데?"

"꽤 멀리. 필요한 걸 배우러 가는 거야…. 그러니까, 일종의 실습을 하러 가는 거지…."

"실습? 그게 도대체 뭔데 꼭 집을 떠나서 해야 하는 거야?"

"내가 거기서 뭘 배울지 엄마는 지금은 모르는 게 나아…."

"아… 하지만 그럼 쌍둥이 개업식을 놓칠 텐데… 개업식은 25일이야."

"개업식에 딱 맞춰 돌아올게요."

"그럼 그동안 날 혼자 내버려 두겠다는 거니…."

로베르는 어머니를 달래 주려고 부드럽게 품에 안았다.

"이리 와 봐, 엄마…."

그는 어머니를 부엌으로 데려가서 창문의 커튼을 젖혔다.

"봐! 여기서 기요 자매의 미용실 뒤쪽이 보여. 개업식 날, 엄마. 엄마는 그 정원에 가지 마. 이유는 묻지 말고 그냥 내 말대로 절대로 거기 가지 마, 알았지? 절대로 가면 안 돼. 내 말 알아들었지? 여기다가 엄마 안락의자를 갖다 놓을 테니까, 엄마는 여기 편안하게 앉아서 망원경으로 재미있는 광경을 구경만 하면 돼. 내가 부뤼 사건 때 그랬던 것처럼 망원경으로 신나게 구경만 하면 돼. 절대로 실망하지 않을 거야, 장담해…. 난 그 멋진 쇼를 위해 뭘 좀… 배우러 가야 해. 자, 이래도 아직 서운해?"

"뭐가 뭔지 도통 모르겠다, 로베르…."

"더는 말해 줄 수 없어. 엄마… 나도 말하고 싶어서 입이 근질근질하지만, 말하면 김이 팍 샐 수도 있어. 그러니까…."

"그렇다면 어서 가. 그래도 전화는 할 거지?"

엄마는 아들의 옷깃을 고쳐 주고는 아들의 키스를 이마에 받았다.

"매일 저녁 전화할게, 엄마. 그동안 잘 지내고 계세요."

"그래, 가, 우리 아들. 뭐가 됐든 최선을 다해라…."

역 쪽으로 걸어가던 로베르는 문득 깨달았다. 자신이 정확히 스물일곱 살 이후로, 그러니까 그 착해 빠졌던 아버지가 돌아가신 이후로 어머니 곁을 단 한번도 떠난 적이 없었다는 사실을(물론 1978년 6월 그 끔찍한 밤은 제외다). 그는 울음을 억누를 수 없었다. 여행 가방을 손에 들고 눈물로 두 뺨을 흥건하게 적신 채 성큼성큼 길을 걸어갔다. 지나가던 두 아이가 133킬로그램이나 나가는 그 거대한 대머리 아저씨를 이상하다는 듯 힐끔힐끔 뒤돌아 쳐다보았다.

로베르는 약속대로 일주일 동안 매일 저녁 7시에 어김없이 엄마에게 전화했다. 푸티파르 부인은 아들이 뭘 하고 있는지 여전히 감이 오지 않았고, 로베르도 한사코 말하려 하지 않아서 둘의 대화는 항상 겉돌기만 했다.

"그래, 일은 잘 되어 가고 있니?"

푸티파르 부인은 그렇게 묻곤 했다.

"응, 조금씩. 조금씩 나아지고 있어. 근데, 이쪽에 소질은 별로 없는 것 같아. 물론 한번도 해 본 적이 없는 일이라 그렇겠지만….."

"동료들은 잘 대해 주니?"

"걔들은 어려, 엄마. 내가 걔들보다 나이가 두 배로 많아….."

"적어도 위험한 일은 아니지?"

"위험하진 않지만 조심은 해야 할 거 같아….."

"혹시 더러운 일이니?"

"그래서 미리 이 일에 맞는 옷들을 준비해 왔어, 엄마….."

가련한 노파는 혼자 이런저런 것들을 궁금해하면서 밤새 잠을 설쳤다. 마침내 잠이 들면, 꿈에 아들이 나오곤 했다. 꿈속에서 아들은 깊은 바다 속으로 잠수하고, 야생마에 올라타고, 맹수를 길들이고, 허공으로 뛰어오르고… 등등을 하는 모습을 보여 주곤 했다.

드디어 9월 25일이 왔다. 푸티파르 부인은 아침에 일어나자마자 하늘부터 올려다보았다. 날씨는 온종일 화창할 듯했다. 쌍둥이 자매의 개업식은 예정대로 정원에서 순조롭게 열릴 수 있을 것 같았다. 푸티파르 부인은 개업식이 시작되는 시간까지 참고 기다리기 위해, 정육점에 가서 커다란 암탉 한 마리를 사 왔다. 그리고 아들이 돌아오기를 기다리며 오전 내내 그 닭에 양념을 바르며 요리를 했다. 점심때가 지나도 아들이 돌아오지 않아서, 그녀는 그 닭요리를 닭다리 하나만 남기고 다 먹어 치우고, 혼자서 포도주도 반 병 마셨다. 오후 2시가 되자 그녀는 부엌 창 앞에 갖다 놓은 안락의자에 자리를 잡고 앉았다. 맨눈으로 보면 오른편 돌계단만 겨우 보이는 미용실의 정원 쪽으로 망원경을 조준했다. 곧장 하얀 블라우스를 입고서 왔다 갔다 하며 젊은 여자들에게 지시를 내리고 있는 쌍둥이 자매를 찾아낼 수 있었다. 몇몇 여자는 테이블 위에 연푸른색 식탁보를 펼치고 있었다. 또 다른 여자들은 잔디에 박아 놓은 높다란 푯말들 사이에 화환을 걸고 있었다. 좀 더 멀리 보이는 단상 위에서는 두 명의 기술자가 음향 장치를 설치하고 마이크를 테스트하고 있었다. 오후 2시 30분쯤에는 출장 뷔페 차량이 미용실 앞에 멈추어 섰다. 거기서 두 명의 직원이 내리더니 스물다섯 가지도 넘는 요리를 정원 안으로 옮겼다. 거리가 먼 데도 푸티파르 부인은 쌍둥이 자매가 개업식 손님 대접에 인색하게 굴지 않았음을 확인할 수 있었다. 연어, 캐비어, 푸짐한 고급 과자들과 케이크! 그녀는 초대장이 있는데도 파티에 참석하지 않은 게 후회되기 시작했다. 게다가 로베르는 아직까지도 돌아오지 않았다…. 계단에서 혹시 아들의 발소리가 들리지는 않는지 끊임없이 귀를 기울였지만, 허사였다. 오후 2시 45분, 음료가 배달됐다. 과일주스와 식전주, 그리고 샴페인.

오후 3시가 되자, 사람들이 모여들기 시작했다. 대부분 커플들이었다. 스웨터를 팔에 걸치거나 어깨 위에 둘러맨 남자들, 바캉스 때 그을려 아직도 까무잡잡한 피부를 드러낸 가벼운 옷차림의 여자들. 크리스텔과 나탈리는 도착하는 사람들에게 달려가 그들을 격렬하게 껴안곤 했다. 그들의 목소리는 들리지 않았다. 푸티파르 부인은 이렇게 호들갑스럽게 외쳐대고 있을 거라 짐작했다. ≪오, 당신이군요. 와 줘서 정말 기뻐요!≫ ≪이렇게 잊지 않고 와 주시다니 영광이에요!≫ ≪어머, 오늘 정말 예쁘세요!≫

오후 3시 15분. 디스코 음악이 흘러나오자 많은 초대 손님이 손에 술잔을 든 채로 몸을 좌우로 흔들기 시작했다. 폭발하듯 터져 나오는 목소리와 웃음소리가 푸티파르 부인의 귀에까지 들렸다. 로베르는 대체 어디서 뭘 하고 있는 걸까? 그녀는 아들이 언제 어떤 식으로 짠하고 나타날지 몹시 궁금했다! 물 양동이를 들고 나타나서 그 두 자매 중 하나의 머리 위에 쏟아부을까? 쌍둥이에게 달려들어 옷을 홀라당 벗겨, 이번에는 그녀들이 사람들 앞에서 벌거벗은 모습으로 있는 게 얼마나 즐거운 일인지 알게 해 줄까? 아니. 로베르는 물론 다른 걸 계획하고 있었다. 그게 도대체 뭘까?

30분이 지났다. 푸티파르 부인은 지겨워지기 시작했다. 그녀는 망원경을 내려놓고 눈을 비볐다. 그녀가 다시 고개를 들었을 때, 그 정원에서 수십 미터 떨어진 넓은 공터에 서 있는 거대한 크레인이 눈에 들어왔다. 어라, 이 근처에서 무슨 공사를 하고 있었나? 그곳에 크레인이 있는 걸 푸티파르 부인은 오늘 처음 보았다. 그런데 갑자기 타워 크레인의 메인 지브가 규칙적인 모터 소리를 내면서 움직이기 시작했다. 바닥에서 20미터 남짓한 높이의 조종실 안에 앉아 있는 크레인 운전기사의 형체는 맨눈으로도 알아볼 수 있었다. 저렇게 높은 곳이라면 어지러워 머리가 빙빙 돌 텐데, 참 겁 없는 사람들도 많군 하고 푸티파르 부인은 생각했다. 돌풍이라도 불면 큰일 나겠다. 내 아들 로베르가 저렇게 위험한 직업을 가졌더라면 걱정하느라 애가 타서 난 지레 죽었을 거야! 그녀는 망원경을 다시 눈앞에 갖다 대고, 호기심에 조종석 쪽을 올려다보았다. 하늘 높은 곳에 자리를 잡고 앉아 치과 의

사처럼 정확하게 그 쇳덩어리 괴물을 조종할 수 있는 사람은 과연 어떻게 생겼을까?

처음에 그녀는 자기가 보고 있는 것을 믿지 못했다. 확인하고 또 확인했지만, 여전히 믿을 수가 없었다. 또 다시 확인한 다음에야 진실을 인정하지 않을 수 없었다. 크레인 운전사의 이름은 로베르 푸티파르이고, 바로 그녀의 아들이었다!

푸티파르 부인은 아들의 짙은 녹색 상의와 거대한 대머리를 분명히 알아보았다. 로베르, 오, 로베르! 그 높은 곳에서 도대체 뭘 하고 있는 거니? 그러다가 죽을 거야! 그녀의 손이 너무 심하게 떨려서 망원경 렌즈 안의 광경도 그녀와 함께 마구 떨리고 있었다! 그녀의 아들이 그녀 쪽을 향해 신호를 보내는 것 같았다. 그녀는 나지막하게 속삭이면서 손으로 응답했다. ≪나 여기 있어!≫ 물론 그건 멍청한 짓이었다. 그는 그녀의 모습을 볼 수도 그녀의 목소리를 들을 수도 없었다….

개업식이 진행되고 있는 정원 쪽은 새로운 게 전혀 없었다. 사람들은 여전히 춤을 추며 웃고 마시고 있었다. 그렇게 가까이에 타워 크레인이 있다는 것을 아무도 알아채지 못하는 것 같았다. 쌍둥이 자매 중 나탈리가 단상 위에 올라가서 뭔가 말을 했다. 박수가 쏟아졌다. 타워 크레인의 트롤리가 이제 초대 손님들 바로 위에 있었지만, 너무 높이 있어서 그들 중 누구도 그걸 보지 못했다. 트롤리 끝에는 급수차만 한 거대한 보따리가 케이블에 매달린 채 대롱대롱 흔들리고 있었다. 물이다! 푸티파르 부인은 단번에 알아차렸다. 저게 곧 저 위로 쏟아져 개업식장을 물바다로 만들겠지! 내 아들이 곧 저 물 풍선을 터뜨릴 거고, 그러면 저들은 머리 위로 수천 리터의 물벼락을 맞을 거야! 두려움은 차츰 커다란 기대와 흥분으로 변했다.

1978년 6월 16일 그 금요일, 몸과 마음이 녹초가 된 아들이 흐느껴 울면서, 무엇보다 모욕을 당한 채 팬티 바람으로 쫓기듯 집으로 돌아왔던 그 모습이 다시금 그녀의 눈앞에 어른거렸다. 아들을 괴롭혔던 그 계집애는 아주 잔인하게 그녀의 아들을 괴롭혔으면서도 20년 동안 아무런 벌도 받지 않고 여전히 그를 비웃고, 심지어 지금은 단상 위에 올라가 잘난 체하고 있다. 크리스텔 기요! 이제 그 못된 계집애가 벌을 받을 차례! 드디어! 마침내!

크리스텔의 금발 머리가 목과 어깨가 드러나는 멋진 블라우스를 입은 어깨 위에서 뻔뻔스레 나부끼고 있었다. 크리스텔은 뭔가 잠시 생각을 하다, 손님들의 웃음소리 때문에 중간 중간 자주 말을 끊으면서도 몇 분째 연설을 하고 있었다. 손님들은 샴페인을 아주 맛있게 즐기고 있었다. 물 풍선은 그들의 머리 위에 정확하게 조준되어 있었다. 푸티파르 부인은 흥분으로 몸을 떨면서 망원경으로 어느 쪽을 봐야 할지 종잡을 수 없었다. 곧 공짜 샤워를 하게 될 희생자들을 봐야 할까? 아니면 곧 터질 물 풍선을 봐야 할까? 그도 아니면 타워 크레인의 핸들을 용감하게 꽉 움켜잡고 물 폭탄을 떨어뜨릴 준비를 하고 있는 아들을 봐야 할까? 내 아들은 분명히 멋지게 한 방 먹일 최고의 순간을 기다리고 있어, 그녀는 생각했다. 그 순간이 왔다. 초대받은 모든 사람들이 샴페인 잔을 들어 올리고 다 함께 소리 질렀다.

"이야, 야아, 야! 브라보! 이야, 야아, 야! 브라보!"

세 번째 《브라보!》에, 커다란 물 풍선이 마치 종이 가방처럼 찢어지며 대홍수가 일어났다.

그런데 그것은… 물이 아니었다!

푸티파르 부인은 단박에 그걸 알아차렸다. 동시에 그녀는 아들의 수상했던 밤 외출과 고약한 냄새를 풍기던 아들의 옷들을 떠올렸다. 그러니까 그건 바로 이 순간을 위해서였다! 로베르는 밤마다 쓰레기통을 뒤졌던 것이다! 밤마다 나가서 수백 개의 쓰레기통을 뒤져 필요한 것들을 모았던 거다! 그는 수천 개의 비닐봉지를 하나하나 풀어서 음식물 쓰레기며 오물들을 차곡차곡 챙겨 모았다. 썩은 내가 진동하는 그 엄청난 양의 쓰레기를 아무도 눈치채지 못하게 하늘 위에서 한꺼번에 쏟아부었다. 그녀는 더없는 환희의 울부짖음을 내질렀다.

"오, 내 아들! 내 아들! 이 엄마를 정말로 기쁘게 해 주는구나! 정말 속이 다 시원하다!"

쓰레기들은 처음 십여 미터는 빽빽한 하나의 덩어리로 떨어져 내리다가, 한순간 사방으로 뿔뿔이 흩어지면서 어두운 그림자를 드리우더니 개업 파티 장소를 완전히 뒤덮어 버렸다. 손님들은 고개를 들어 자신들 위로 쏟아져 내리는 약 1.5톤의 쓰레기를 쳐다보았다. 거기에는 돼지조차 구역질하며 뱉어 낼 것들이 많았다. 씨와 즙이 뒤엉킨 멜론 껍질, 시커멓게 변색되고 거의 곤죽이 된 바나나, 똥오줌으로 가득 찬 아기 기저귀, 피 묻은 붕대, 시커멓게 곰팡이가 슨 먹다 남은 피자 조각, 생선 대가리와 내장, 썩은 양배추와 토마토, 상한 고기 등등.

초대 손님들이 치켜 든 술잔을 미처 내릴 새도 없이, 그 모든 것이 얼이 빠져 있는 그들 위로 쏟아져 내렸다. 화사한 셔츠, 레이스 달린 드레스, 웨이브를 한껏 살린 파마머리, 흰 블라우스, 그 모든 것이 더러운 오물로 금세 뒤덮여 버렸다. 여자들은 고함을 질렀다. 크리스텔 기요의 머리에서는 썩은 냄새가 진동하는 고기즙이 뚝뚝 흘러내렸다. 그녀는 스튜와 커피 찌꺼기의 혼합물을 뒤집어쓴 채 씩씩거리고 있는 쌍둥이 동생에게 도움을 청했다.

"그래 맛이 어떠냐, 요 못된 계집애들아?"

푸티파르 부인이 신이 나서 말했다.

"아직도 ≪너희의 그 장난이 자랑스러워≫? 아직도 ≪그런 장난을 다시 할 생각이 있어≫?"

푸티파르 부인은 망원경을 크레인 조종석 쪽으로 향했다. 로베르가 자신에게 다시 신호를 보내는 것 같았다. 이번에는 크레인의 갈고리에 매달려 있는 뭔가를 가리켰다. *나한테 뭘 말하고 싶은 거니, 아들? 이제 모든 게 다 떨어져 내렸는데… 남은 게 아무것도 없잖아….* 로베르가 계속 신호를 보냈기 때문에, 그녀는 하는 수 없이 아들의 손가락이 가리키는 곳을 바라보았다. 그리고는 엄청나게 커다란 웃음을 터뜨렸다.

작은 화장지 한 장이 방금 막 투하되어, 초대 손님들 쪽으로 우아하게 팔랑팔랑 날아가고 있었다.

"너희들 몸을 닦아! 그걸로 닦으라구!"

그녀는 너무 웃겨서 목이 다 멨다.

"로베르! 아, 우리 로베르, 넌 정말 천재야!"

잠시 뒤, 푸티파르의 모습이 조종석에서 사라졌다. 푸티파르 부인은 아들을 타워크레인 사다리 위에서 다시 찾았다. 로베르는 금속 난간에 매달린 거대한 곤충처럼 재빠른 동작으로 내려오고 있었다. 일단 땅에 내려오자, 그는 크레인을 그 자리에 버려둔 채 있는 힘을 다해 달려서 근처 건물 뒤로 사라졌다.

15분도 채 지나지 않아 로베르가 아파트 문의 벨을 울렸다. 그리고는 엄마 품속에 쓰러졌다.

"엄마, 봤지? 봤지?"

"응, 다 봤다, 로베르. 눈사태처럼 퍼붓는 그 장면, 마지막에 선사한 휴지 한 장까지, 전부 다. 정말 굉장했다!"

두 사람은 어린애처럼 행복해하면서 남은 포도주를 함께 나눠 마셨다. 그러다가 갑자기 그녀가 걱정하기 시작했다.

"그런데 혹시 네가 한 짓이라는 게 들통나면 어떡하지? 그랬다가는 큰일 날 텐데…."

"그럴 일은 절대 없어! 난 보르도에서 타워크레인 운전 교습을 받았어. 그리고 브장송이라는 가명으로 크레인을 빌렸지! 그건 포탱 사에서 제작한 Maxi MD 345야, 작은 보물이라고 불리는 멋진 크레인인데, 조정하는 게 내 시트로앵 2CV보다 훨씬 쉬워! 그 회사 사람들이 월요일에 와서 크레인을 가져갈 거야. 그러니 아무 걱정하지 마, 엄마."

그날 저녁, 그는 자신의 복수 노트를 펼치고 쌍둥이 기요 자매의 사진에 X 표시를 했다. 그리고 그 아래에다 아주 기쁜 마음으로 커다란 붉은 글씨로 이렇게 썼다.

복수 성공
1999년 9월 25일.

사건 종결.

11

첫눈에 반한 사랑

피에르 이브 르캥은 1967년 4월, 교장 선생님과 장학사, 그리고 반 아이들 모두가 보는 앞에서 푸티파르에게 엄청난 모욕을 안겨 주었다. 그 사건은 교사로서 로베르의 경력에 씻지 못할 오점을 남겼다. 10년 뒤, 쌍둥이 기요 자매는 르캥 못지않게 그에게 타격을 주었지만, 그가 구사일생으로 위기에서 탈출했기 때문에 그 사건을 목격한 사람은 아무도 없었다. 따라서 소문도 전혀 나지 않고 무사히 넘어갈 수 있었다. 하지만 그게 다가 아니었다. 1988년 5월, 오드리 마스크푸알은 르캥과 쌍둥이 기요 자매를 뛰어넘는 최악의 고통을 그에게 안겨 주었다.

겨울이 가고 봄이 오자 화창한 날이 늘어나면서 사람들은 밖으로 나오기 시작했다. 그들은 도시의 산책로나 공원 또는 강가를 평화롭게 거닐었다. 연인들은 손에 손을 잡고 걸어가다 공원 벤치에 앉아 행복한 미소를 지으며 서로 입을 맞추었다. 푸티파르는 늦은 오후에 혼자 산책을 했다. 그는 고개를 숙인 채 생각에 잠겨 걷는 척하면서 되도록 주위를 쳐다보지 않으려 애썼다. 다른 사람들의 행복이 때때로 그의 마음을 아프게 했다. 그런 날이면 되도록 빨리 집으로 돌아와, 그때만 해도 아직 건강했던 어머니가 준비해 놓은 저녁을 먹기 위해 식탁을 차렸다. 식사하는 동안 모자는 행복했던 옛 시절 얘기를 때때로 하곤 했다. 아버지 푸티파르 씨가 살아 계시던 시절을 그리워하거나, 로베르가 직장에서 하루를 어떻게 보냈는지 얘기할 때도 있었다. 하지만 두 사람은 대체로 창문을 열어 둔 채 아무 말 없이 식사만 할 때가 더 많았다.

어느 날 저녁, 푸티파르 부인이 갑자기 침묵을 깼다.

"있지, 로베르⋯."

"응, 엄마?"

푸티파르 부인은 말을 꺼내기가 쉽지 않은 것 같았다. 그녀는 지나치다 싶을 정도로 꼼꼼하게 입을 닦고 나서 더듬더듬 말했다.

"만약에 말이야, 네가… 그러니까 내 말은, 네가 제 짝을… 만날 경우… 그러니까, 예를 들어 어떤 아가씨를… 이제 너도 결혼할 나이가 되었잖니, 넌…."

서른일곱 살이 다 되어 가는 푸티파르는 그 말을 듣고 귀까지 새빨개졌다. 어머니가 그런 민감한 문제를 꺼낸 건 처음이었다. 푸티파르는 처량하게 웅얼거렸다.

"하지만 엄마 난… 난 아무도 만나지 않았어…. 난…"

"알아, 로베르. 하지만 난 그저 네가 알아 뒀으면 해. 만약 그런 일이 일어나면, 음, 난 반대하지 않을 거야…. 너도 알다시피, 난 혼자서도 아주 잘 살아갈 수 있어…. 물론 너희들이 너무 멀리 떨어져 살지 않았으면 좋겠지만, 어쨌든 난 괜찮아."

"알았어…." 그는 약간 어리둥절해서 대답했다. "하지만 맹세해, 지금 당장은…."

두 사람은 그 이후론 그 문제에 대해 더 이상 말하지 않았다. 하지만 바로 그날 저녁부터, 푸티파르는 오직 그 생각밖에 할 수 없었다. 봄이 다 갈 때까지 그 생각을 했고, 여름 내내 그 생각을 했다. 1988년 가을, 새 학년이 시작되었을 때에도 그 생각을 하고 있었다. 매년 그랬듯이, 교장은 모든 교사를 교무실에 불러 모아, 관례적으로 새로 부임한 교사들을 소개했다.

"이번 학년에 우리 학교에 여러 선생님이 새로 오시게 되었습니다. 맨 먼저, 3학년을 맡아 주실 애녀렐 선생님을 소개하겠습니다. 선생님, 환영합니다!"

고개들이 일제히 젊은 금발 머리 여자를 향했다. 소개받은 선생은 상냥한 미소를 모두에게 건네면서 속삭이듯 말했다.

"클로딘 애녀렐입니다. 만나서 반갑습니다."

푸티파르는 벼락을 맞은 것처럼 정신이 아찔했다. 너무나도 확실하고 강렬한 느낌에 큰 충격을 받았다! 그래, 저 여자가 바로 내가 찾고 있던 나의 반쪽이야!

그의 귀에는 동료 교사들과 교장이 하는 말이 더 이상 하나도 들리지 않았다. 그들의 수다스러운 말들은 멀리서 들려오는 무심한 음악 소리처럼 윙윙댔다. 로베르는 오로지 클로딘 애녀렐의 푸른 눈과 마주치는 연습만 하며 오전 시간을 보냈다. 그녀를 살펴보면 볼수록 더욱더 확신이 들었다. 그녀의 우아한 몸매, 부드러운 손가락, 버릇처럼 손으로 머리칼을 쓸어 넘기는 동작, 눈살을 찌푸리거나 미소 짓는 모습, 걸음걸이…. 그녀의 모든 것이 로베르의 마음에 쏙 들었다. 한 서른다섯쯤 되었겠군, 그는 추측했다. 그리고 교장 말로는 애녀렐 선생이 미혼이라고 했다…. 덤벙대지 말자! 그는 침착하려 애썼다. 어쩌면 약혼자가 있을지도 몰라… 혼자 사는지 어떤지 아직 모르잖아…. 아무리 노력해도 로베르는 이성적으로 생각할 수가 없었다. 그의 머릿속은 마치 미친 듯이 달리는 말처럼 흥분해서 마구 날뛰었다.

그 후로도 며칠 동안 교무실에서 로베르는 감히 그녀에게 말을 걸 엄두도 내지 못했지만, 사람들의 대화를 엿들으며 약간의 정보를 얻었다. 그 젊은 선생이 시내의 작은 원룸에서 살고, 차는 없고, 고양이 한 마리를 기른다는 것을 알게되었다. 어느 날 아침, 그녀가 이곳에서 주말에 재미있게 할수 있는 일이 뭔지 그에게 물었다. 푸티파르에게 그건 분명한 신호나 마찬가지였다. 그런 걸 묻는 걸 보면 그녀는 혼자사는 게 틀림없었다.

그동안 매우 규칙적이던 로베르의 일상이 갑자기 엉망으로 뒤엉켜 버렸다. 로베르는 이제 한 가지 생각밖에 하지 않았다. 그녀를 보는 것, 그녀 곁에 있는 것, 그녀의 목소리를 듣고 냄새를 맡는 것. 학교가 쉬는 수요일은 텅 빈 것처럼 느껴졌고, 주말은 견딜 수 없이 길게 느껴졌다. 그는 이제 책을 읽을 수도 없었다. 입맛도 달아났고 잠도 제대로 자지 못했다.

"병원에 가서 의사를 만나 봐."

어머니가 걱정하며 말했다.

내가 만나고 싶은 건 의사가 아니야, 그는 속으로 생각했다.

'모든 성인 대축일'* 바로 전날, 느닷없이 비가 세차게 쏟아졌다. 학교 주차장에서 시트로엥 2CV에 시동을 걸고 있던 푸티파르는 학교 현관 앞 처마 밑에서 비가 그치기를 기다리며 서 있는 애녀렐 선생을 보았다. 그는 차 문의 유리를 팔꿈치로 밀어 내렸다.

"우산이 없으세요?"

그녀가 웃음을 터뜨렸다.

"아! 매일 우산을 갖고 다니는데, 오늘은… 깜빡했네요!"

"제가 데려다 드리죠!"

5초 뒤, 그녀는 그의 옆자리에 앉아 있었다. 로베르는 자신에게 찾아온 행운에 어안이 벙벙했다. 빗줄기가 차의 지붕을 북 치듯 마구 두드려 대서 두 사람은 아주 큰 소리로 말할 수밖에 없었는데, 무척 재미있었다. 모든 게 아주 **빠르게** 일어나서 로베르는 겁먹을 틈조차 없었다!

"사는 곳이 여기서 멀어요?"

로베르가 외쳤다.

"아뇨! 제가 가리켜 드릴게요."

---

*모든 성인 대축일: 11월 1일. 카톨릭에서 특정한 축일이 없는 모든 성인을 기리는 날

그는 시동을 걸고 난 다음, 와이퍼 버튼을 몇 번 눌러 보았지만 작동하지 않았다.

"고장이 났나요?"

애녀렐이 물었다.

"아뇨, 날이 화창할 때만 움직여요! 당신의 우산처럼….."

로베르가 이렇게 대답하고는, 계기판을 주먹으로 한 번 세차게 내리치자, 검은색 와이퍼가 즉시 앞 유리창 위에서 바쁘게 왔다 갔다 하기 시작했다.

"어머, 이 시트로앵 2CV는 요즘엔 보기 힘든 차인데, 그렇죠?"

"예, 자기 주인이랑 똑같죠. 희귀한 천연기념물이라는 점에서!"

그녀가 웃었다. 로베르는 자신이 전혀 긴장하지 않고 그럴듯한 농담까지 했다는 사실에 스스로 놀랐다. 이제 그는 자기 곁에 잠시 날아와 앉은 이 아름다운 나비와 함께 세상 끝까지라도 기꺼이 달려갈 수 있을 것 같았다. 로베르는 그녀의 집 바로 앞에 차를 세웠다.

"여기예요. 정말 고맙습니다. 선생님이 아니었더라면 비에 흠뻑 젖은 생쥐 꼴이 되었을 거예요."

"고맙기는요, 뭘. 내일 학교에서 봬요."

"네, 내일 학교에서….."

그녀의 미소에 로베르는 행복감에 푹 잠겼다. 그 미소는 많은 가능성을 담고 있었다. 그녀는 핸드백을 머리에 쓰고 건물 현관 문 앞까지 달려가서, 거기서 손짓으로 그에게 물었다.

"올라가서 술 한 잔 하실래요?"

"아닙니다, 다음에….."

로베르도 손짓으로 대답했다.

"약속하셨죠?"

그녀가 물었다.

"약속했습니다!"

그가 대답했고, 둘 다 몸짓으로 함께 웃었다.

돌아오는 길에 로베르의 마음은 열다섯 살 소년이 첫사랑에 빠진 것 같은 기분에 젖어 들었다.

다른 동료 교사들과는 모두 반말을 했지만, 두 사람은 그 후로도 몇 주 동안 서로 계속 존댓말을 썼다. 둘은 습관처럼 수요일 오후마다 만나서 가벼운 산책을 했다. 로베르는 그녀에게 그 도시의 그림같이 아름다운 장소들을 보여 주었다. 두 사람은 특히 그녀가 관심을 가진 로마네스크 양식의 성당을 보러 가기 위해 근교로 나가곤 했다. 그들은 함께 공원을 산책하고 카페에 앉아 이야기를 나눴다.

두 사람이 사귄다는 소문이 곧 학교에 퍼졌다. 11월 어느 아침, 학교 게시판엔 모두의 눈에 띄게 연필로 이런 낙서가 조잡하게 쓰여 있었다.

푸티파르와 애녀렐은 서로 눈이 맞았대요

그걸 보고 기분이 몹시 상한 푸티파르는 그날 저녁 어머니에게 그 일을 말했다. 사실 그의 어머니도 그동안 이미 낌새를 채고 있었다. 푸티파르 부인은 오히려 두 사람이 곧 결혼식을 올릴 거라고 말한 것처럼 좋아하며 아들을 축하해 줬다.

"잠깐, 엄마, 잠깐…"

로베르는 어머니를 진정시켜야 했다.

"지금 당장은 사실… 아무것도 결정된 게 없어."

그 낙서에 관해, 엄마는 이렇게 대응하라고 충고했다.

"그런 수군거림을 잠재울 최고의 방법은, 그 소문이 사실이라고 인정하는 거야!"

"그게 대체 무슨 말이야, 엄마?"

"네 뜻을 사람들에게 밝혀야 해, 로베르."

"내 뜻이 뭔데, 뭘 밝혀?"

"넌 약혼을 해야 해. 그것도 되도록 빨리. 그래야 소문이 잠잠해지지!"

"하지만 엄마… 그 전에 먼저 그녀를 만나 보고 싶지 않아?"

"난 널 믿는다, 로베르. 그동안 그 선생에 대해 네가 나한테 말한 것들로 봤을 때, 굳이 안 봐도 아주 참한 아가씨일 게 분명해."

그 말 뒤에 구체적인 전략에 관한 긴 대화가 이어졌다. 푸티파르 부인은 자기 방으로 차를 가져오게 하고, 침대에 누워 아들에게 하나하나 꼼꼼하게 조언해 주기 시작했다. 고풍스런 자수 무늬의 침대 시트 가장자리에 푸티파르는 앉아서 얌전히 엄마의 조언에 귀 기울였다. 하지만 아무래도 좀 불안했다. 그래서 그는 몇 번이나 엄마의 말을 중단시키며 이런 질문을 던졌다.

"엄마는 그게 요즘 시대에도 먹힐 거라고 생각해?"

"물론이지!" 그녀는 찻잔 안에 비스킷을 적시면서 대꾸했다. "그건 옛날이나 지금이나 변함이 없단다. 네 아버지도 나한테 그렇게 했어. 여자는 그런 것에 안 넘어가곤 못 배겨, 엄마 말만 믿어."

그래도 아들이 계속 토를 달자, 엄마는 거의 화가 나서 이렇게 말했다.

"로베르! 난 네가 자동차나 전동 드라이버 얘기할 때 열심히 들어 줬다. 연애 경험자인 엄마가 해 주는 얘기니까 좀 진득하니 제대로 들어 주면 안 되겠니?"

그렇게 해서 사흘 뒤, 로베르 푸티파르는 두근거리는 가슴을 안고 시내에서 가장 근사한 보석 가게의 문을 밀고 들어갔다.

"약혼 반지를 보고 싶은데요."

"아, 예. 손님, 우선 앉으시죠."

주인과 푸티파르는 작은 테이블을 사이에 두고 앉았다.

정장을 멋지게 차려입은 예쁜 여자 보석상이 작은 케이스를 갖고 와 테이블 위에 펼쳐 놓았다.

"자, 여기. 이게 저희가 갖고 있는 모델들입니다. 예를 들어, 이건 작은 사파이어가 박혀 있는 아주 단순한 디자인이고, 이건 좀 더 세련된 모델이에요. 에메랄드를 보세요…. 이것처럼 귀고리 목걸이 반지 세트 제품들도 있습니다…."

보석상 여자가 여러 모델을 보여 주자, 로베르는 혼란에 빠져 어쩔 줄 몰랐다. 이럴 줄 알았으면 엄마를 데려오는 건데, 그는 후회했다.

"여기 이건 어떠세요?"

보석상이 반지 하나를 손바닥에 올려놓고 보여 주면서 물었다.

"아주 예쁘네요." 그는 더듬거렸다. "아주 예뻐…."

쩔쩔매는 로베르 앞에서 이 보석상은 다른 방법으로 그 문제를 해결했다.

"반지를 끼실 분의 손가락 사이즈가 어떻게 되죠?"

"음, 당신하고 거의 비슷한 것 같아요." 로베르가 대답했다.

그러자 보석상은 자기 손가락에 반지들을 껴 보기 시작했다. 하지만 별 성과가 없었다. 그의 눈에는 더 이상 아무 것도 보이지 않았다.

"그런데, 예산은 어느 정도로 생각하셨어요?"

보석상이 갑자기 물었다.

"음, 돈을 아끼고 싶진 않아요. 어쨌든, 이건 평생에 한 번이니까…."

로베르가 대답했다. 그러자 보석상 여자는 잠시 생각해 보고 나서, 여자 손님 한 명이 그때 막 가게 안으로 들어왔기 때문에 목소리를 잔뜩 낮춰 이렇게 덧붙였다.

"그렇다면… 다이아몬드가 있는데 한번 보시겠어요? 손님이 원하시는 디자인에다 다이아몬드를 올려드릴 수 있답니다, 예를 들어 이 반지에다, 하지만 음… 문제는 가격인데… 가격대가 확 달라져요."

"무슨 뜻인가요?"

보석상은 대답 대신 테이블 서랍 안에서 작은 상자 하나를 꺼내더니 내용물을 보여 주기 전에 그 위에다 금액을 적었다. 처음에 푸티파르는 그녀가 실수로 "0" 하나를 더 쓴 거라고 생각했다. 그 가격은 무려 그의 넉 달 치 봉급에 해당했기 때문이다.

"분명히,"

그 젊은 여자가 로베르를 설득하기 시작했다.

"이건 값을 매길 수 없을 만큼 귀중한 선물이 될 겁니다. 이런 건 평생 한 번 받을까 말까 한 소중한 선물이라서 평생토록 아주 소중하게 간직할 뿐만 아니라, 후손들에게까지 대대로 물려주는 그런 보물이니까요. 그분은 아마 이 선물에 매우 감동하실 겁니다. 제가 장담합니다. 그리고 이걸 구매하신다면 약간 할인도 해 드리겠습니다."

푸티파르는 현기증을 느꼈다. ≪그분이 매우 감동하실 겁니다⋯ 후손들⋯ 평생토록⋯≫ 그 말들이 그의 마음에 깊이 와 닿았다. 그는 다이아몬드를 보여 달라고 하고, 그걸 어떻게 세팅할 건지 설명해 달라고 했다. 그리고 15분 뒤, 그는 마침내 그 대화를 끝맺음하는 말을 내뱉었다.

"좋습니다⋯ 이걸로 하죠⋯."

보석상의 얼굴에는 어떤 감정의 변화도 보이지 않았다. 그녀는 그저 더 예의바르고 더 친절하게 그를 대할 뿐이었다.

"그런데," 그가 떠나려고 일어나자 그녀가 다시 물었다.

"반지 안쪽에 두 분 이름을 새겨 드릴까요?"

그는 망설였다. 로베르와 클로딘… 그건 듣기 좋았다.

"잘 모르겠네요… 어떻게 하는 게 좋을까요?"

"그렇다면," 그녀가 결정을 내려 주었다. "일단 반지에 이름을 새기지 않겠습니다. 하지만 언제라도 생각이 바뀌신다면 이름을 새겨 달라고 저희에게 전화를 주세요."

보석상 여자는 힘차게 로베르와 악수를 하고 문까지 따라 나왔다.

"안녕히 가십시오. 다음 주 화요일까지 예쁜 반지 준비해 놓겠습니다. 그때 다시 뵙겠습니다."

몇 초 뒤, 로베르 푸티파르는 자기가 발바닥으로 땅을 제대로 디디며 걷고 있는지 어떤지도 잘 모를 정도로 마음이 붕 뜬 채 거리를 걸었다.

12

반지

시간은 12월 중순으로 접어들었지만, 반지는 장롱 속에 거의 3주일이나 그대로 처박혀 있었다. 푸티파르가 아직도 《결혼 얘기》를 꺼내지 않아서 그의 어머니는 애가 탔다.

"뭘 기다리고 있는 거니, 로베르? 다른 녀석이 네 눈앞에서 그 멋진 아가씨를 가로채 가길 기다리는 거야? 그렇게 되면 참 꼴좋겠다…. 어서, 크리스마스 전에 밀어붙여. 빨리 해치워 버리라니까, 젠장!"

로베르 푸티파르에게는 많은 용기가 필요했다. 사랑의 말을 표현하는 건 그로선 무엇보다 힘든 일이었다. 게다가 클로딘의 감정이 어떤지도 확신할 수 없었다. 만약 그녀가 그를 밀어낸다면? 다른 한편으로 그의 어머니 말도 일리가 있었다. 무턱대고 마냥 기다릴 수는 없었다.

신기하게도, 로베르가 행동에 옮기겠다고 결심한 바로 그날, 그보다 한발 앞서 클로딘이 먼저 말을 꺼냈다. 교무실에 단둘이 있게 된 틈을 타, 그녀가 얼굴을 붉히며 로베르에게 말했다.

"이번 토요일 저녁에 저희 집에 저녁 식사를 하러 오시라고 초대하고 싶은데…. "

로베르는 그 우연의 일치를 자신들이 완벽한 찰떡궁합이라는 또 하나의 증거라고 여겼다.

"오… 기꺼이… 아주 즐거운 마음으로…. 저도 당신을 집으로 초대하고 싶었어요. 하지만 어머니 때문에 그게 쉽지 않아요. 당신도 잘 아시겠지만, 제 어머니 나이에…."

"이해해요…. 하지만 미리 말해 두지만, 아주 근사하게 차린 저녁 식사는 아니에요…. 그냥 간단하게 격식 차리지 않고… 특별히 싫어하시는 음식이 있나요?"

"뭐든 다 좋아합니다."

로베르는 이렇게 대답하고 나서 생각했다. 나는 당신이 만든 건 뭐라도 다 좋아. 당신의 모든 게 다 좋습니다, 클로딘, 클로딘. 머리부터 발끝까지… 당신한테서 내 마음에 들지 않는 건 아무것도 없어요….

일주일이 그에게는 한 달처럼 느껴졌고, 토요일이 백 년처럼 느껴졌다. 아침이 되자마자 그의 어머니는 온종일 소파 등받이 위에 펼쳐 놓았던 그의 셔츠와 바지를 다림질했다. 오후에 그는 긴장을 풀러 공원에 가서 좀 거닐었다. 그리고 집으로 돌아오는 길에 꽃집 여자가 추천해 주는 아주 아름다운 동백꽃 한 다발을 샀다. 오후 7시에 로베르는 샤워를 하고 은은하게 향수를 뿌린 뒤 옷을 갈아입었다. 층계참에서 그의 어머니가 그에게 한 바퀴 빙그르르 돌아보라고 했다.

"됐다. 아주 훌륭해. 선물은 잘 챙겼지?"

로베르는 웃옷 주머니를 툭툭 쳤다.

"여기 있어, 엄마."

"그리고 손수건은? 손수건도 챙겼어?"

이번에는 다른 쪽 주머니를 툭툭 쳤다.

"그건 여기 있어, 엄마."

"꽃다발을 즉시 꽃병에 꽂으라고 그 아가씨에게 말해, 응… 그 집에 적어도 꽃병은 있겠지?"

"물론이지…. 그녀 집엔 분명히 꽃병이 있을 거야."

"좋아. 그럼 이제 다녀오거라. 창문으로 네가 가는 걸 지켜볼 테니…."

클로딘 애녀렐은 지붕 밑 작은 원룸에서 살고 있었다. 푸티파르는 4층까지 걸어 올라가, 숨을 가다듬고 나서 초인종을 눌렀다. 그녀는 학교에서 한번도 본 적이 없는 분홍색 원피스를 입고 환한 얼굴로 문을 열어 주었다. 그리고 꽃다발을 발견하고는 두 손을 입 앞으로 가져가며 말했다.

"로베르, 오! 이럴 필요까진 없는데! 맙소사, 너무 예뻐요!"

"아, 별 거 아니에요."

로베르는 이렇게 말하면서 속으로 생각했다. 내 주머니에 뭐가 들었는지 당신이 안다면, 내 귀여운 아가씨, 감사 인사가 너무 선불렀다고 생각할 거야….

클로딘이 꽃을 꽃병에 꽂으려고 바삐 움직이고 있을 때, 로베르는 이제 곧 자신이 그녀에게 안겨 줄 행복을 생각하며 미리 환희에 찼다.

두 사람은 소파에 앉아 포트와인*을 한 잔씩 마시고 나서 식탁으로 갔다. 그녀는 이국적인 샐러드와 햄 앙디브 그라탕**을 준비해 놓았다. 그녀는 미안하다며 그에게 포도주 병과 병따개를 건넸다.

"죄송해요, 이런 일을 시켜서… 제가 이런 걸 잘 못해서요.

---

* 포트와인 : 포도주에 브랜디를 첨가한 알코올 도수가 높고 단맛이 강한 와인. 포르투갈의 포르투에서 유래해 '포트와인'이라 불린다.
* 햄 앙디브 그라탕 : 햄과 치커리 뿌리가 들어간 그라탕

잼 뚜껑도 못 열어서 쩔쩔매고 있는 제 모습을 한번 상상해 보세요! 이런 일은 정말 성가셔요!"

"오, 클로딘. 원하신다면," 푸티파르는 속으로 중얼거렸다. "내가 평생토록 당신의 모든 잼 뚜껑을 다 열어 드리겠어요. 당신의 오이 피클 단지도, 당신의 산토끼 파테 병도, 뭐든 다…."

그들은 학교, 동료 교사들, 교장에 대해 이런저런 이야기를 나누었고, 술의 힘을 빌려 이 사람 저 사람을 대담하게 놀려 대기도 했다. 함께 사람들을 놀려 대며 공모자가 되는 건 아주 기분 좋은 일이었다. 하지만 치즈를 먹은 다음 느닷없이 침묵이 찾아왔다.

두 사람은 어색하게 눈길을 마주쳤다 피했다 했다. 그래서 분위기가 더 거북해졌다. 푸티파르의 심장이 아주 세차게 뛰기 시작했다. 그녀가 자리에서 일어났다.

"디저트를 가져올게요…."

로베르는 때가 왔다고 생각했다. 그래서 외투 걸이에 걸려 있는 자신의 웃옷 주머니에 든 작은 상자를 가지러 갔다. 그리고 그것을 술잔 옆 클로딘의 접시 뒤에 숨겨 놓았다. 그가 겨우 자기 자리로 돌아오자마자, 러시아 시가처럼 생긴

과자 네 개가 꽂힌 무스 오 쇼콜라*를 들고 그녀도 돌아왔다.

"무스 오 쇼콜라 좋아하세요? 저는 여기다 오렌지 껍질을 약간 갈아 넣어요, 괜찮겠어요? 그런데… 그게 뭐예요?"

푸티파르가 중얼거리며 대답했다.

"깜짝 선물입니다…. 당신에게 줄 깜짝 선물…."

그 순간부터는 모든 게 아주 천천히, 마치 슬로우비디오처럼 흘러갔다. 그녀가 테이블 위에 접시를 내려놓고 자리에 앉아, 팔을 내밀어 그 선물을 집어 들고는 포장지를 풀었다. 그 안에 든 것이 그 유명한 보석 가게의 보석 상자라는 것을 확인하고는 고개를 절레절레 흔들며 말했다.

"로베르, 당신 미쳤어요?… 어머, 이렇게까지 할 필요는 없는데… 열어 봐도 돼요?"

로베르가 고개를 끄덕이며 그녀를 향해 미소 지었다. 당연히 열어 봐야 한다. 그녀는 우아하게 뚜껑을 들어 올리고 실크 받침 위에서 반짝이고 있는 보석을 보았다. 몇 초 동안이나 보석을 살펴보고서, 클로딘은 푸티파르를 향해 고개를 들었다가 다시 반지로 눈길을 되돌렸다.

"이건… 이건 정말 굉장하군요…."

———

*무스 오 쇼콜라 : 다크 초콜릿을 녹인 후 거품 낸 달걀 흰자를 섞어 만든 프랑스 전통 디저트

그녀는 자신의 손바닥에 보석을 올려놓은 다음, 엄지와 검지로 집어서 눈 가까이 가져갔다.

그때 정말로 믿을 수 없는 일이 일어났다. 평생토록 절대로 잊을 수 없는 일이! 그 반지는 거의 한 달 동안 로베르의 방 장롱 안에서 밖으로 나오길 애타게 기다리고 있었고, 그 동안 그는 가능한 온갖 시나리오를 상상했다. 아주 터무니없는 시나리오까지. 그 상상 속 시나리오에서 때로는 클로딘이 그의 품속에서 울음보를 터뜨리기도 했다. ≪로베르, 로베르. 난 정말 이 날을 기다렸어요…. 난 정말 행복해요… 사랑해요.≫ 때로는 그녀가 그의 코앞에 그 선물을 내던졌다. ≪이 늙다리 후레자식아. 말해 봐, 대체 나한테 무슨 꿍꿍이짓을 하려는 거야?≫

로베르는 이보다 더한 최악의 경우도 생각했었다. 예를 들면 그녀가 흐느껴 울며 이렇게 고백하는 것이다. ≪제발 절 용서해 주세요. 당신에게 그동안 진실을 숨겼어요. 난 이미 결혼해서 애가 넷이에요. 오, 정말 미안해요, 난 너무 창피해요!≫

하지만 실제로 일어난 일은 전혀 다른 일이었다. 차라리, 그런 일들이 일어났더라면 훨씬 더 나았을 것이다. 그런 것들엔 비할 바가 못 될 만큼 끔찍한 일이 일어났다. 클로딘 애녀렐의 얼굴이 갑자기 창백해지며 일그러졌다. 그녀는 입을 열어 꺼져 가는 목소리로 더듬더듬 말했다.

"하지만… 하지만… 내 이름은 크리스티안이 아니에요."

두 사람 모두 몇 초 동안 너무 놀라 돌처럼 굳어 버렸다. 마침내 클로딘이 반지를 천천히 제자리에 돌려놓은 다음 로베르에게 상자를 내밀었다. 로베르는 자기 접시 왼쪽에 놓아 둔 안경을 찾아 쓰고 반지 위로 고개를 기울였다. 반지 안쪽, 둥그스름한 부분에 아주 작고 우아한 글씨체로 새겨진 이름은 ≪로베르와 크리스티안≫이었다.

"나는… 난 이해할 수가 없어요…."

로베르는 말을 더듬었다. 두 손도 벌벌 떨리고, 땀이 나기 시작했다.

"이제 분명히 알 것 같네요."

클로딘이 이렇게 말하고는 입술을 깨물었다.

"이 약혼반지가 아주 비싸다는 거, 그래서 이 반지 하나로 당신이 이 여자 저 여자에게 여러 번 돌려 가며 사용했다는 걸…."

로베르는 가슴 한복판에 기관총 세례를 받은 것 같았다.

"클로딘! 그건 당신이 잘못 생각하고 있는 거예요! 난 절대로… 맹세컨대 난…."

"함부로 맹세하지 마세요! 그건 당신 주머니에 다시 넣으세요. 그리고 우리, 두 번 다시 그 이야기는 꺼내지 말아요!"

"제기랄! 난 크리스티안이라는 여자가 누군지도 몰라요!"

"제발, 그런 상스러운 욕에다 거짓말까지 덧붙이지 마세요!"

로베르는 모욕감에 숨이 막혔다. 어떻게 말해야 할까? 어떻게 해야 할까? 너무나 억울해서 이성적으로 생각할 정신이 없었다.

"이거나 좀 드세요!" 그녀가 로베르에게 무스 오 쇼콜라를 내밀며 말했다. "이건 전혀 비싸지 않아요, 그러니까 마음껏 드세요."

"입맛이 싹 달아났어요."

로베르가 대답했다.

"나도 그래요."

클로딘도 동의했다.

묵직한 침묵이 흘렀다. 두 사람은 몇 분 동안 그대로 꼼짝도 하지 않고 말없이 앉아 있었다. 둘 다 당황해서 서로 얼굴을 쳐다보지 못한 채.

마침내, 로베르가 중얼거리며 말했다.

"그건 실수예요… 아주 끔찍한 실수… 그 보석상이…."

"네," 그녀가 그의 말을 쌀쌀맞게 잘랐다. "나도 실수였을 거라고 믿어요. 하지만 그건 보석상의 실수가 아니에요. 실수는 당신이 했겠죠. 당신이 반지들을 헷갈렸을 테니까. 당신은 어떤 게 어떤 반지인지 혼동했던 거예요. 당신 서랍에는 도대체 반지가 몇 개나 있는 거죠? 다섯 개? 열 개? 열다섯 개? 로베르와 마르틴? 로베르와 프랑수아즈? 로베르와 카티? 로베르와…."

클로딘은 의자를 박차고 일어나 욕실로 사라졌다.

"클로딘! 제발…."

로베르가 그녀를 애타게 불렀지만, 그녀는 나오지 않았다.

로베르는 혼자가 되었다. 그리고 자제력을 잃어버렸다. 아무 생각 없이 무스 오 쇼콜라를 숟가락으로 퍼먹기 시작했다. 그리고 정신을 차렸을 때는 이미 때가 너무 늦었다. 클로딘이 접시에 덜어 준 것뿐만 아니라 커다란 볼에 담겨 있던 무스 오 쇼콜라까지 거의 다 먹어 치웠다. 스스로도 놀라서 숟가락을 바닥에 내던졌다. *내가 도대체 뭘 한 거야? 미쳤어!*

클로딘이 돌아왔을 때, 로베르는 그녀의 눈이 빨개진 것을 알아차렸다. 욕실 안에서 펑펑 운 게 틀림없었다. 클로딘은 혀로 핥은 듯 깨끗한 접시, 거의 다 먹어 치워 빈 그릇이 된 무스 오 쇼콜라 볼, 그리고 바닥에 내팽개쳐진 숟가락을 보았다. 하지만 그녀에게 그런 건 아무래도 상관없었다. 천박한 데다 거짓말쟁이인 것도 모자라 음식을 게걸스럽게 퍼먹기까지 하는 이 남자의 실체를 이제라도 알게 되어 오히려 다행이라고 생각했다…. 클로딘은 가타부타 한마디 말도 하지 않았다. 그저 푸티파르의 외투가 걸려 있는 옷걸이 옆에 서서 두 눈을 천장에 고정시킨 채, 그가 자기 집에서 어서 빨리 나가 주기만을 기다렸다. 너무나도 분명한 그 메시지에 로베르는 외투를 꿰입었다. 그녀가 문을 열었다. 그녀 옆을 지나 로베르는 문 밖으로 나갔다.

"잘 가세요."

그녀가 인사했다.

"잘 있어요."

로베르는 충격에 휩싸인 채 대답했다.

밖으로 나온 로베르는 어디에 차를 주차시켜 놨는지도 기억나지 않았다. 차를 찾고 나서도 제정신이 돌아오지 않아 삼단 기어를 바꾸지도 않고 집까지 갔다. 자기 집 건물 계단에서, 로베르는 이제 곧 어머니에게 오늘의 재앙을 알려야 한다는 걸 깨달았다. 로베르는 울분으로 가득 차서는 그대로 몸을 돌려 다시 차에 올라탔다. 차를 몰아 다시 그녀의 집으로 갔다. 벨을 열 번이나 눌러도 클로딘은 대답하지 않았다. 로베르는 두 주먹으로 문을 쾅쾅 두드리며 외쳤다.

"클로딘, 문 좀 열어 줘요…."

"… 자야 하니까 돌아가세요."

두 사람은 월요일 아침에 학교에서 다시 만났다. 둘 모두 눈 밑이 거무스레했다. 미숙한 사랑, 로베르는 생각했다. 우리는 서투른 사랑 때문에 지쳤어….

클로딘이 어쩔 수 없이 푸티파르에게 말을 건네야 했을 때, 처음으로 반말을 했다. 이틀 전이었더라면 로베르는 그녀가 드디어 마음의 벽을 완전히 허물었구나 하고 아주 기뻐했을 것이다. 하지만 지금은 그것이 정반대를 의미한다는 걸 알았다. 그녀는 이제부터 그를 단순한 직장 동료 그 이상도 이하도 아닌 사람으로 대할 것이다. 다른 사람들 가운데 하나일 뿐인 직장 동료. 그녀는 모든 교사들에게 아주 상냥하게 대하면서 스스럼없이 농담도 했다. 로베르는 클로딘을 향해 눈으로 애원했다. 하지만 매번 그녀는 그를 밀어냈다. ≪원하는 게 뭔데? 무슨 볼 일이라도 남은 거야?≫

다음 날 로베르는 보석 가게를 다시 찾았다. 보석상은 로베르가 다시 찾아와서 깜짝 놀랐다.

"무슨 문제라도 있으신가요, 선생님?"

"아뇨, 난 그저 당신에게 반지에 이름을 새겨 달라고 한 게 누구인지 알고 싶을 뿐입니다."

"선생님 조카 분이셨는데요. 전화로… 조카 분이랑 전화 통화할 때 선생님도 옆에 계셨잖아요. 어쨌든 조카 분이 그렇게 해 달라고 했어요. 뭐가 잘못되었나요?"

"아뇨, 완벽해요. 완벽해… 나에게 조카가 없다는 것만 빼면…."

일주일 내내 클로딘 애녀렐은 로베르에게 늑대와 용감하게 맞서 싸우는 작은 염소 같은 태도를 보였다. 그런 태도는 크리스마스 방학이 지난 후에도 계속되었다. 결국 푸티파르는 그녀와 화해할 가능성은 조금도 없다는 명백한 사실을 인정할 수밖에 없었다. 결코 돌이킬 수 없다는 것을.

어느 일요일 저녁, 그는 마음이 너무 괴로울 때면 가끔씩 찾아가곤 하던 강 끝까지 걸어갔다. 거기서 로베르는 잿빛 강물이 흘러가는 것을 바라보며 망설였다. 그는 강물에 뭘 던지려는 걸까? 슬픔으로 더욱 무거워진 자신의 거대한 몸? 아니면 이제 아무 쓸모가 없어진 그 반지? 로베르는 아파트에서 아들을 기다리고 있을 늙은 어머니를 생각했다. 어머니는 지금쯤 그를 위해 저녁 식사를 차리고 있을 게 분명했다. 그래서 그 두 가지 풍덩! 중에서… 로베르는 큰 것과 작은 것 중에 결국 작은 것을 선택했다. 반지를 꺼내 멀리 던지고는, 반지가 물속에 가라앉기도 전에 그 자리를 떠났다.

푸티파르 부인의 추리에 따르면, 그 반지 사건이 일어나게 된 원인은 단 한 가지밖에 없었다. 푸티파르가 반지를 구입하는 것을 누군가 지켜본 사람이 있다. 그게 아니고서야 누가 남몰래 그런 짓을 할 수 있겠는가?

"네 주변 사람들한테 반지를 샀다고 말한 적 있니, 로베르?"

"아니, 엄마. 입도 뻥긋한 적 없어."

"그렇다면 어디, 생각 좀 해 보자! 넌 그 가게에 보석상과 단둘이 있었다 이거지? 그래도 뭔가 특별한 일이 있지는 않았는지 곰곰이 생각해 봐…. 어떻게든 쥐어짜 보라니까!"

처음에는 아무것도 기억나지 않았다. 하지만 곰곰이 생각해 보니, 중간에 어떤 여자 손님이 들어오긴 했었다. 그래, 어쩌면….

"그래서 그 손님이 뭘 어떻게 했지?"

"더 이상은 모르겠어. 난 그저 그 여자가… 왠지 낯이 익다는 생각이 들었어…."

"봐라, 봐. 뭔가 생각이 나잖아! 좀 더 머리를 굴려 봐. 팍팍 쥐어짜 보란 말이야!"

사흘 밤이 지나고, 나흘째 되던 날 한밤중에 로베르는 소스라치며 잠에서 깼다.

"마스크푸알 부인!"

그는 침대에서 펄쩍 뛰어내려 어머니 방으로 달려갔다.

"엄마, 엄마. 일어나 봐. 드디어 기억났어! 그 여자는 마스크푸알 부인이었어!"

"누구? 뭐라고?"

잠들어 있던 노부인이 말을 더듬거렸다.

"그 보석 가게 손님. 그 사람이 마스크푸알 부인이었다고."

"그래. 그리고 그 여자한테 딸이 있고?"

"응."

"네 학급에?"

"응."

"그 계집애 이름이 뭐니?"

"오드리, 오드리 마스크푸알."

13

오드리 마스크푸알

그로부터 11년 뒤, 로베르 푸티파르는 자신의 복수 명단에 세 번째로 오드리 마스크푸알의 이름을 적어 넣으면서 한 치의 의심도 하지 않았다. 그가 이 나이가 되도록 외롭게 혼자 살게 된 건 그 시건방진 계집아이 때문인 게 분명했다. 오, 그 비극을 겪고 나서 몇 년이 흐른 뒤, 그는 결혼상담소를 찾아가 볼까 하는 생각까지 했다. 그리고 클로딘도 자신과 비슷한 생각을 하고 있을 수도 있겠다 싶었다. 만약 운이 따라 주면 결혼상담소에서 처음 주선해 주는 상대가 그녀일 것만 같았다. 그런 기적 같은 일이 정말로 일어난다면, 이번에는 또 다시 차이고 싶지 않았다!

"며칠 전, 텔레비전에 그 계집애가 나오더구나!"

점심을 먹다가 푸티파르 부인이 큰 소리로 말했다.

"텔레비전에? 뭣 때문에? 혹시 사고 쳐서 뉴스에 나온 거야?"

"그런 건 전혀 아니야. 그냥 노래를 불렀어."

"노래를 불러? 아리아 같은 거?"

"아니, 그냥 오락 프로였어. 열 살 난 여자애들이나 보는 그런 시시껄렁한 프로였어."

"그런데 그 애가 자기 이름을 그대로 썼어?"

"성은 아니고 이름만. 거기서 그 애를 오드리라고 불렀어. 그냥 짧게 '오드리'라고."

"재미있군… 아주 재미있어…."

푸티파르는 두 손을 맞대고 비볐다. 아직 오드리에게 어떤 식으로 복수할지 결정하지 못했다. 하지만 세 번째이자 마지막인 그 복수를 생각하자 벌써부터 짜릿한 쾌감이 느껴졌다. 처음 두 번의 대성공은 그의 어머니와 그에게 일종의 행복감을 선사해 주었다. 불과 한 달 만에 그들은 두 번이나 눈부시고 찬란한… 게다가 쥐도 새도 모르게 작전을 성공했다. 뿐만 아니라 그 복수 덕분에 푸티파르 부인은 젊음과 활력을 완전히 되찾았다.

"그래도 너무 흥분하지 마요, 엄마!"

아들이 어머니를 걱정하며 말했다.

"내 걱정은 전혀 할 필요 없다, 로베르. 난 다시 태어난 기분이야. 그래, 이제 슬슬 시작해 볼까? 어때?"

이번만큼은 복수 작전에 직접 참여하겠다고 단단히 결심한 푸티파르 부인은 신문 가게로 가서 사춘기 직전의 여자애들이나 보는 알록달록한 잡지를 한 아름 안고 돌아왔다.

"이거 봐, 로베르! 네가 읽을거리를 가져왔다! 그 못된 계집애는 의외로 유명하더구나!"

11년 전, 발칙한 장난의 주인공은 이제 오드리라는 이름으로 여러 잡지의 표지 모델이 되어 있었고, 그녀에 관한 기사도 꽤 많은 페이지를 장식하고 있었다. 오드리는 아직도 엄청 어려 보였다.

"사진을 찍으려고 교정기까지 빼 버렸군⋯."

푸티파르가 비웃었다.

"걘 노래도 못 부르더라. 그런데도 사흘 만에 스타가 되었어!"

그의 어머니도 투덜대며 말을 이었다.

"나 때는, 가수로 성공하려면 몇 년은 걸렸는데. 다른 것보다 가수라면 모름지기 노래를 잘 불러야지! 맨 목소리로!

그런데 요즘은 마이크로 삐악삐악거리지, 마치 목이 잘려 나가는 닭들처럼. 아, 에디트 삐아프, 그녀는 요즘 애들이랑은 완전히 달랐는데…. 그건 그렇고, 그 못된 계집애는 네가 평생 걸려 번 돈보다 더 많은 돈을 불과 6개월 만에 벌었다는구나…. 이건 그 애가 인터뷰한 내용인데, 내가 읽어 줄 테니 들어 봐."

"읽어 봐요, 엄마."

"《오드리의 진실 게임 인터뷰》",

푸티파르 부인이 읽기 시작했다.

"안 봐도 뻔해…."

그녀의 아들이 한숨을 내쉬며 말했다.

"《오드리, 게임 규칙은 잘 알고 있겠죠? 당신은 진실만을 말해야 해요. 하지만 말하기 곤란한 질문에는 조커를 사용해도 됩니다. 물론 조커는 한 번만 사용할 수 있어요. 준비됐나요? - 네. - 자, 시작합니다! 가수로 활동한 이후로 가장 기억에 남는 최고의 순간은? - 첫 번째 시디 녹음. - 최악의 순간은? - 아직 그런 거 없어요.》"

"이런 앙큼한 것. 내가 곧 최악의 순간을 안겨 줄 테니 걱정 말고 기다려…." 푸티파르가 이를 갈며 말했다. "계속 읽어, 엄마."

"≪앞으로의 계획은? - 두 번째 시디 녹음. - 가장 좋아하는 색깔은? - 파란색.≫"

"놀고 있네!"

"≪좋아하는 취미는? - 텔레비전 보며 군것질하기, 친구들과 외출하기, 그리고 남동생과 같이 놀기.≫"

"아 그러셔, 오페라나 천문학이 아니고?"

푸티파르가 빈정거렸다.

"≪남자친구가 있나요? - 네. - 이름이 뭐죠? - 브랑당. - 오드리, 이름이 오드리인 건 다들 알아요, 그런데 성은 뭐죠? - 조커.≫"

푸티파르가 웃음을 터뜨렸다.

"하긴 그런 촌스런 성이라면 나라도 감추고 싶었을 거야! 마스크푸알*이라는 이름으로는 가수로 성공하기 힘들지!"

이번에는 푸티파르가 그 가수에 관한 신상 정보 페이지를 찾아내 읽기 시작했다.

"이걸 들어 봐, 엄마. ≪이름 : 오드리. 키 : 165cm. 몸무게 : 53kg. 눈 색깔 : 파란색. 머리색 : 밝은 밤색. 별명 : 두두. 성 : 특급비밀!≫ 엄마, 이것 좀 봐, 애는 마스크푸알이라

———

*마스크푸알 : 코밑 수염이나 잔털을 뽑는 데 사용하는 마스크 팩 또는 제모 팩

는 자신의 성을 어떻게든 숨기고 싶은가 봐…."

다음 날, 날이 밝자 그들은 그 가수의 시디를 구해 와, 거실에서 커피를 마시며 들었다.

"네 아버지가 이걸 들었다면 뭐라고 했을까!" 푸티파르 부인이 한숨을 쉬며 말했다. "네 아버진 작업실에서 위대한 음악밖엔 듣지 않았어, 기억나니?"

어머니와 아들은 노래 가사가 하나같이 한심하고 멜로디도 유치하다고 생각했다.

"도대체 무슨 말을 하고 싶은 걸까!" 푸티파르는 무심한 눈으로 노래 가사를 훑어보며 말했다. "이것 좀 들어 봐요.

누가 말해 줄까?
쏜살같이 흐르는 시간의 비밀을?
이미 천 살이나 먹어 버린
아이들의 비밀을?

나는 보네, 너무도 약한 너의 몸 안에
흐르는 생명력을.
네가 왜 그런지

그 이유는 아무도 모른다네,
왜 그런지
왜 그런지…

하지만 날마다, 날마다
난 널 더욱더 사랑해,
너무도 절박하니까,
사랑할 시간이
모자라니까."

"이런 유치찬란한 가사를 누가 써 줬을까?"
푸티파르 부인이 물었다.
"걔가 썼어. 작사, 작곡 모두 걔가 했어!"
"정말이네!"
시간이 갈수록 오드리에게 일생일대의 창피를 안겨 줄 최
고의 방법은 사람들 앞에서 그녀의 성을 폭로하는 것이라는
확신이 들었다. 문제는 그걸 언제 어디서 어떻게 하느냐는 것
이었다. 가장 잔인하고 통쾌하게 그녀의 성을 폭로하기 위한
최고의 때와 장소를 찾아야 했다. 다시 한번, 우연은 그들의
편을 들어주었다. 10월이 되자, 가로 세로 4미터의 공연 포

스터가 도시곳곳의 광고탑과 벽을 뒤덮었다. ≪오드리. 팔래 데 스펙타클.* 11월 17일≫

푸티파르 부인은 이웃 대도시에서 열리는 그 콘서트가 한참 뜨는 중인 오드리라는 아이돌의 진짜 이름을 폭로하기 위한 절호의 기회가 될 거라고 생각했다. 두 사람은 즉시 포스터에 적힌 예매 창구로 전화를 걸었다. 다행히 좌석이 아직 남아 있었지만, 서둘러야 했다. 그날 오후, 푸티파르는 음악 백화점 창구에서 50명 정도의 소녀들 틈에서 표를 사기 위해 줄을 섰다. 푸티파르 앞에서 60대 남자가 미소 띤 얼굴로 뒤돌아보며 말했다.

"난 우리 손녀를 위해 왔답니다, 우리 손녀는 여덟 살이에요… 댁도?"

푸티파르는 이렇게 대답하고 싶었다. ≪아뇨, 난 우리 어머닐 위해 왔어요, 저희 엄마는 여든여덟 살이에요!≫ 하지만 그 말은 마음속에 꾹꾹 눌러 담았다. 괜한 관심을 끌지 않는 편이 작전에 유리할 듯했다.

푸티파르 부인은 아들에게 팔래 데 스펙타클을 사전 답사를 한번 하는 게 좋겠다고 조언했다. 그녀의 말에 따르면, 현

---

* 팔래 데 스펙타클 : 프랑스 생테티엔 지역에 있는 돔형 전시관 및 무역센터. 대형 공연이나 축제를 위한 무대로 종종 이용된다

장에 가 보면 더 좋은 아이디어나 전략이 떠오를 수도 있다는 것이었다. 답사를 위해 아무 공연이나 상관없이 티켓만 구해 그 건물 안으로 들어가는 것이다. 그래서 오드리의 공연 이전에 좌석이 몇 개 남아 있는 유일한 콘서트인 메탈리크 트레쉬라는 락 그룹의 공연에 가게 되었다.

"내 생각엔 젊은 사람들이 많이 올 것 같아. 나라면, 어쨌든 그 칙칙해 보이는 보라색 셔츠보다는 이 초록색 폴로셔츠를 입겠다, 이게 훨씬 더 어려 보여….”

푸티파르 부인은 아들에게 말했다.

어머니의 조언을 착실하게 따른 로베르 푸티파르는 토요일 저녁, 자신의 시트로앵 2CV를 끌고 메탈리크 트레쉬의 공연장으로 갔다. 그리고 새벽 1시쯤 혼이 쏙 빠진 몰골로 집에 왔다.

"그래, 어떻게 됐니?”

그의 어머니가 잠옷 바람으로 복도에 나와 물었다.

"뭐라구요?”

푸티파르는 천둥 같은 목소리로 고함을 질렀다.

그의 어머니가 깜짝 놀라 펄쩍 뛰었다.

"미쳤구나, 그렇게 고함을 질러 대다니! 어떻게 된 거야? 이 건물 사람들을 다 깨우겠다!”

"죄송해요….." 로베르는 약간 목소리를 낮추면서 말했다. "계속 스피커 옆에 있었어…. 지금도 귀가 멍멍해…. 엄마가 하는 말도 잘 안 들려… 잘 자요."

그 후로도 사흘 동안 로베르는 계속 아주 큰 소리로 말했다. 그의 어머니는 아들과 대화하기 위해 최소 4미터는 멀찌감치 떨어져 있었다. 하지만 그날 밤, 로베르가 시간만 마냥 허비하다가 돌아온 건 아니었다.

로베르가 종이에다 뭔가를 슥슥 휘갈겨 그리면서 고함을 질러댔다.

"봐, 엄마. 여기 이게 공연장 안이야. 난 대략 여기 있었어. 여기에 화장실이 있어. 그리고 여기로 가려면 복도를 지나가야 해. 그런데 중간에 《관계자 외 출입 금지》라는 팻말이 붙어 있는 계단이 있었어. 나는 그 계단으로 올라갔어. 그곳에 철제 다리가 하나 있는데, 조명을 설치할 때 사용하는 트랩인 것 같았어. 그 위로 올라가면 공연장 전체가 훤히 내려다보여…."

"그래서?"

푸티파르 부인이 궁금하다는 듯이 물었다.

"그러니까," 로베르는 목소리가 쩌렁쩌렁 울리게 외쳤다. "거기서 수천 개의 작은 종이를 관객의 머리 위에 뿌린다고 상상해 봐. 그리고 그 종이에 뭐라고 씌어 있겠어?"

두 사람은 환희에 차서 그 광경을 상상했다. 훨훨 날아서 사람들의 머리, 어깨 위에 내려앉는 작은 종이들. 그것을 잡으려는 손들, 종이에 쓰여진 글을 읽는 눈들. ≪마스크푸알! 이거 봤어? 오드리의 성이 마스크푸알이래!≫ 처음에는 키득대는 웃음소리가 들끓고, 이어서 노골적으로 놀려 대는 말소리, 그리고 마침내 케이크 위의 체리처럼 멋지게 피날레를 장식할 사건이 터진다. 무슨 일이 일어났는지 모르고 한창 노래를 부르다가 결국 노래를 멈출 수밖에 없는 오드리, 날아다니는 작은 종이를 하나 잡아 읽고는 울음을 터뜨리며 절규한다. ≪오, 못된 인간들! 나쁜 자식들!≫ 조명 트랩 위에서 오드리에게 목청껏 외치는 로베르. ≪이건 로베르와 클로딘이 주는 선물이야! 마스크푸알 양, 기억나냐?≫ 그리고 붙잡히기 전에 달아나는 로베르.

로베르와 그의 어머니는 오랫동안 종이에 뭐라고 쓸지 고민했다. 간단하면서도 가슴에 대못을 쾅쾅 박을 지독한 문구여야 한다. 마침내 최대한 짧지만 강렬한 문장을 만들어 냈다. 로베르는 그것을 컴퓨터 자판에 친 뒤, 칸에 맞춰 육십 번 붙여넣기를 했다. 그런 다음 아래층의 복사 가게에 가서 그것을 백 장 복사했다. 저녁 식사를 끝낸 뒤 두 사람은 가위를 들고 즐겁게 오리기에 몰두했다. 밤 10시가 되었을 때, 똑같은 작은 종이를 육천 장이나 만들어 냈다. 푸티파르는 장난삼아, 그리고 시험 삼아 탁자 위에 올라가서 어머니의 머리 위로 그중 백 장을 비처럼 뿌렸다. 육천 장 종이에는 단지 이런 말만 쓰여 있었다.

이름: 오드리.
성 : … 마스크푸알!

알고 있었나요?

14

세 번째 복수

팔래 데 스펙타클을 향해 걸어가는 관객들의 물결 속에 로베르 푸티파르와 그의 어머니의 머리통이 위로 삐죽 솟아올라 있었다. 두 사람이 아무리 몸을 작게 움츠려도, 사람들은 그들을 올려다보았다. 공연장 입구에서 안내원이 공연장 안은 열기로 덥다고 외투를 벗어 맡기라고 했다.

"우린 그냥 입고 있을게요! 우리 엄마는 추위를 많이 타세요, 나도 그렇고."

푸티파르가 사양하며 이렇게 대답했다. 그는 자기가 복수의 작은 종이로 가득 찬 열다섯 개가 넘는 비닐봉지를 허리춤에 매달고 있고, 그의 어머니 역시 배에 그만큼의 비닐봉지를 묶고 있다고 젊은 안내원 여자에게 친절하게 설명해 줄 순 없었다. 로베르와 그의 어머니는 빈 가장자리 좌석이 어디에 있는지부터 확인하고 되도록 그곳에 앉으려고 애썼다. 그런 곳에 앉아 있어야, 때가 되면 재빨리 자리를 뜰 수 있기 때문이었다. 곧 자리를 잡은 두 사람은 자신들이 그 분위기와 얼마나 안 어울리는지 깨달았다. 공연장 안에는 부모와 함께 온 여덟 살부터 열네 살까지의 어린 소녀들밖에 없다. 안내원이 푸티파르 모자에게 다가와 노래 가사가 적힌 팸플릿을 팔려고 했다.

"우린 이미 가사를 다 알아요! 우리 집에 오드리의 시디가 전부 다 있거든요, 아가씨!"

푸티파르 부인이 안내원에게 말했다.

공연장 안은 금방 웅성거리는 소리로 가득 찼다. 노래의 첫 번째 음이 연주되기도 전에, 수백 개의 팔이 높이 들어 올려지고, 모두가 박자를 맞추어 외쳐 댔다. ≪오-드리! 오-드리!≫ 무대에 조명이 들어오자, 엄청난 함성이 터져 나왔다. 연주자들이 차례차례 무대 위로 올라왔다. 제일 먼저 드러머, 이어서 리드 기타리스트, 그다음으로 리듬 기타리스트가 연주되고 있는 음악에 차례로 자신의 악기 소리를 보탰다. 이천 명의 새된 목소리가 ≪오-드리! 오-드리!≫를 외쳐 댔다.

그러고 나서 열 명이 넘는 코러스가 조명등의 소용돌이 안으로 들어왔다. 마지막으로, 오른쪽 위 계단으로 청바지를 입은 가냘픈 실루엣이 내려오는 게 보였다. 오드리! 백 명 남짓한 어린 여자애들이 제자리를 벗어나 미친 듯이 고함을 질러 대며 무대 앞으로 몰려들었다. 공연장 안의 나머지 사람들도 모두 자리에서 일어났다, 믿을 수 없다는 눈으로 서로를 바라보는 푸티파르와 그의 어머니를 제외하고 한 명도 빠짐없이. 그들 앞에 아홉 살쯤 된 듯한 여자아이 하나가 두 손으로 온 힘을 다해 자기 엄마의 팔을 붙잡으며 말했다.

"저 사람이야, 엄마? 저게 오드리야?"

"그래 맞아. 오드리야!"

그 여자아이의 두 눈은 자칫하면 빠질 듯이 튀어나와 있었다. 푸티파르는 그 아이의 턱이 떨리고 뺨으로 눈물이 주룩주룩 흘러내리는 것을 보았다. 정말이지, 이곳에서는 그가 이해할 수 없는 일들이 마구 일어나고 있었다. 첫 번째 노래가 시작되자 모두 떼창으로 화답했다. 그다음 곡들도 마찬가지였다.

"아저씨, 머리 좀 숙여 주세요! 오드리가 안 보여요!"

뒷좌석의 아이들이 투덜거렸다.

로베르는 좌석에 반쯤 드러눕듯이 하며 앉은키를 낮추고

고개도 양어깨 사이에 파묻었다. 외투 때문에 더워 미칠 지경이었다. 이윽고 그의 어머니가 팔꿈치로 그를 찔러 대자, 마침내 안도의 한숨을 내쉴 수 있었다.

"로베르, 화장실에 가야겠다. 오줌이 마려워…."

로베르와 어머니는 눈짓을 주고받고는 살그머니 자리에서 일어나서는, 비상구로 나가 휘어진 통로를 따라 걸어갔다.

"저번에는 이 길이 아니었는데, 어쨌든 가다 보면 연결되겠지 뭐…."

푸티파르는 자신 있게 말하고는 성큼성큼 앞서 걷기 시작했다.

"잘 따라오고 있어, 엄마?"

두 사람 모두 다리가 길어서 걸음이 아주 빨랐기 때문에, 3분 뒤 정확히 같은 장소로 되돌아와 있었다.

"네가 착각한 게 분명해. 로베르… 어디에도 계단 같은 건 없었어…."

푸티파르 부인이 숨이 차서 헐떡이며 말했다.

그들은 다시 한번 더 걸었다. 맴을 도는 데 지친 그들은 《관계자 외 출입금지》라는 팻말을 무시하고 폭이 훨씬 더 좁은 복도로 들어섰다. 그리고 열 개 정도의 닫힌 문을 하나하나 열어 보았다.

"이곳은 출연자들을 위한 대기실 같은데…."

"맞아, 로베르. 우린 길을 잃어버린 게 분명해…."

길을 물어볼 사람도 없었다. 그들은 무턱대고 또다시 계속 걸어갔다. 복도 맨 끝에, 문 하나가 반쯤 열려 있었다.

"봐, 엄마. 저 안에 누가 있나 봐. 저기 가서 물어보면 되겠다."

그곳으로 다가갈수록 공연장의 음악 소리가 더 크게 들리는 것 같았다. 마치 그 음악이 그 방 안에서 중계되고 있는 것처럼. 문 앞에 다다른 두 사람은 그대로 얼어붙었다. 금박을 입힌, 갈아 끼울 수 있는 작은 명패에는 ≪오드리≫라는 이름이 적힌 카드가 끼워져 있었다.

"여기가 그 애 대기실인가 봐! 그런데 안에 누가 있어…."

푸티파르가 속삭였다. 호기심에 떠밀린 푸티파르 부인은 기다란 머리통을 그 열린 문 안으로 슬쩍 밀어 넣었다. 엄마의 허리를 잡고 있던 로베르는 갑자기 어머니가 소스라치며 몸을 떠는 것을 느꼈다. 그녀는 황급히 몸을 빼내 뒤쪽으로 두어 걸음 물러났다.

"로베르, 저기! 저 안에… 있어… 그게 그러니까…."

어머니가 말을 더듬거렸다.

"뭐가 있는데, 엄마?"

"그러니까… 난쟁이… 비슷한 뭔가가… 텔레비전을 보고 있어."

"무슨 말을 하는 거야?"

이번에는 로베르가 머리를 디밀고 조심스럽게 안을 들여다보았다. 조명이 환하게 밝혀진 넓은 대기실 안에는 베이지색 가죽 소파가 놓여 있었다. 낮은 테이블 위에는 어마어마하게 큰 빨간 장미 꽃다발이 놓여 있었다. 벽에는 커다란 거울들이 늘어서 있었고, 그 거울 주위에는 백열전구들이 환하게 켜져 있었다. 그리고 각각의 거울 앞에는 분장도구 세트가 놓여 있었다. 한구석에 그 콘서트 현장을 실시간으로 보여 주는 모니터가 있었다.

처음에는 의자에 앉아 꼼짝도 하지 않고 뚫어져라 모니터를 바라보는 사람의 기괴한 등만 보였다. 로베르의 눈에도 그 티셔츠를 입은 사람이 마치 판타지 영화에서 곧장 튀어나온 기괴한 생명체처럼 보였다. 파란색 운동모자를 쓴 머리통은 몸에 비해 지나치게 컸고, 양쪽 귀는 쫑긋 솟은 데다, 팔은 징그러울 정도로 새하얗고 생기를 잃어 주름이 쭈글쭈글했다.

"저게 뭐야?"

자기 아들의 등에 딱 달라붙은 푸티파르 부인이 낮은 목소리로 물었다.

"허친손 길포드…."

푸티파르가 소곤거렸다.

"뭐라고? 저 사람 이름이 허친손 뭐시기라고? 저 사람을 알아?"

"아니, 엄마, 저 사람은 허친손 길포드 증후군을 앓고 있는 환자야. 아주 드문 유전병인데…. 팔백만 명 중에 한 명 걸릴까 말까 하는… 일명 '조로증'이라고도 해…."

"오, 가엾은 늙은이…."

"아니, 늙은이가 아니야, 엄마. 그냥 아이야. 아이 노인. 오래 살아야 열세 살 정도까지밖에 못 산대…."

"정말 끔찍한 병이구나… 어디 나도 좀 보자…."

그녀는 자기 아들처럼 문 사이로 고개를 디밀었다. 여러 개의 거울 덕분에 두 사람은 새부리 같은 코, 뭉개진 턱, 파리한 입술, 그리고 가느다란 뼈에 간신히 붙어 있는 살가죽을 볼 수 있었다. 로베르와 그의 어머니는 충격으로 한동안 멍하니 그대로 있었다. 그 아이는 모니터에서 눈을 떼지 않았다.

"어서 가자, 로베르. 저 애가 거울로 우릴 보겠다…."

바로 그때 그 일이 일어났다. 그 주름진 얼굴이 두 사람 쪽을 돌아보며 미소 지었다.

"안녕하세요. 괜찮으시면, 들어오세요."

목소리는 날카롭고 카랑카랑했다.

"아니, 방해하고 싶지 않아."

푸티파르가 대답했다. 하지만 어찌할 바를 몰라 그곳을 떠나지도, 안으로 들어가지도 못한 채 어정쩡하게 그대로 서 있었다.

"저는 오드리 누나의 동생이에요. 우리 누나 노래 잘하죠?"

"오, 그래! 아주 잘하더구나!"

푸티파르와 그의 어머니가 동시에 대답했다. 순간, 자신들이 진심으로 그렇게 대답했다는 사실에 스스로 놀랐다.

"저는 공연장 안에 들어갈 수가 없어서 이렇게 모니터로 누나의 공연을 보고 있는 거예요…. 만약 사람들이 절 밀치기라도 하면 그날로 끝장이거든요. 뼈가 와장창 부러져 버리니까…. 다리, 팔, 허리… 쉽게 낫지도 않아요. 게다가 엄청 아프고요…. 가까이 오세요. 우리 누나 좀 보세요."

두 사람은 가까이 다가갔다. 무대 위에서 오드리가 열 명쯤 되는 무용수들 가운데에서 펄쩍펄쩍 뛰어오르며 춤추고 있었다. 에너지와 젊음의 폭발이었다. 공연장 안의 모든 사람들이 자리에서 일어나 그녀와 함께 격렬하게 몸을 흔들고

있었다. 움직여야 해, 노래 가사가 이어지고 있었다. 꿈짝달싹하
지 않고… 가만히 있으면 안 돼… 꿈을 꿔야 해….

"우리 누난 춤도 잘 춰요, 그죠?"

"오, 그래, 아주 잘 추는구나…."

"우리 누난, 최고예요…."

"그래, 최고야…."

그 아이는 머리칼도, 눈썹도, 속눈썹도 없었다. 모자로 희
멀겋고 찌그러진 머리를 감추고 있었다.

"두 곡만 더하고 나면, 다음엔 제 노래예요…."

"뭐라고?"

"노래 두 곡이 끝나고 나면 저를 위해 부르는 노래가 나올
거예요. 기다려 주실래요?"

"미안하구나, 이제 우린 우리 자리로 돌아가야 해. 잘 있
어라."

푸티파르가 대답했다.

"잘 있어."

그의 어머니가 다시 말했다.

"안녕히 가세요, 아줌마, 아저씨."

그 늙은 아이는 그렇게 인사하고 나서 다시 모니터에 코
를 박았다.

그들은 몇 분 동안 자신들이 정확히 뭘 찾고 있었던 건지 잊은 채 복도를 이리저리 헤매 다녔다. 푸티파르 부인은 마음을 진정시키기가 힘들었다.

"그런데 로베르, 그 아이 말이야, 저러고 있을 게 아니라 치료를 받아야 할 텐데…."

"약이 없어, 엄마. 치료할 방법이 전혀 없어. 그 병에 걸린 아이들은 태어나면서부터 급속도로 늙어 가."

"맙소사! 뭐 그런 병이 다 있니?"

"몰라. 아무도 아직 원인을…."

소 뒷걸음에 쥐 잡듯 두 사람은 얼떨결에 찾아 헤매던 계단에 다다랐다. 로베르와 어머니는 계단을 빠르게 올라갔다. 들끓는 공연장의 분위기가 두 사람을 휘감았다. 그들은 공연장 위쪽으로 불쑥 튀어나온 철제 트랩 끝으로 걸어 나가 잠시 트랩 난간에 몸을 기댔다. 그곳에서는 객석과 무대가 전부 내려다보였다. 조명등이 공연자와 관객을 한꺼번에 비추며 지나가고, 분위기는 절정에 달했다.

"엄마, 서둘러야 해! 누군가에게 들킬 수도 있어."

그들은 자신들이 왜 힘들게 거기까지 올라가 있는지 그 이유를 거의 잊어버렸다. 하지만 트랩의 희미한 빛 속에서, 그들은 작은 비닐봉투들 안에 나눠 넣어 온 종이들을 꺼내 커다란 쓰레기봉투 안에 담기 시작했다. 육천 장의 종잇조각을 한꺼번에 뿌리고 재빨리 달아나야 했다. 종이들을 모두 커다란 쓰레기봉투 안에 다 담고 나자, 푸티파르가 쓰레기봉투를 잡고 쏟아부을 준비를 했다.

"에어컨 송풍기가 이 바로 밑에 있어, 그게 우릴 도와줄 거야."

로베르가 어머니에게 설명했다. 바로 그 순간, 모든 조명이 꺼지고, 캄캄한 어둠 속에 황갈색의 동그란 빛 한 줄기만이 오드리를 비췄다. 잔잔한 피아노 소리가 정적을 깨고 흘러나왔다. 오드리가 무대 뒤쪽과 가까운 커튼 바로 앞에서 노래부르기 시작했다. 오드리의 목소리는 마치 관객들의 귀에 대고 속삭이는 것처럼 아주 가깝게 들렸다.

누가 말해 줄까?
손살처럼 빠르게 흐르는
시간의 비밀을,
이미 천 살이나 먹어 버린
아이들의 비밀을

푸티파르와 그의 어머니는 홀린 듯이 귀를 기울였다.

"이건 그 아이를 위한 노래야….”
푸티파르 부인이 말했다.
"맞아….”
그녀의 아들이 대답했다.

나는 보네, 너무도 약한 너의 몸 안에
흐르는 생명력을.
네가 왜 그런지
그 이유는 아무도 모른다네,
왜 그런지
왜 그런지…

"뭘 기다리는 거니? 어서 해!”
푸티파르 부인이 재촉했다. 로베르는 쓰레기봉투를 들어
트랩 난간 위에 안정되게 올려놓은 다음, 그것을 다시 공중
으로 치켜올렸다.
"자! 어서 종이를 뿌려, 로베르!”
푸티파르는 심호흡을 한번 하고 나서, 들어 올렸던 두 손
을 다시 내렸다.
"못 하겠어, 엄마….”

"그거 이리 줘!"

푸티파르 부인은 아들의 손에서 쓰레기봉투를 낚아채 허공에서 흔들어 댈 준비를 했다.

하지만 날마다, 날마다
난 널 더욱더 사랑해,

오드리는 꼼짝도 하지 않고 서서 미소 띤 얼굴로 노래하고 있었다.

난 널 더욱더 사랑해
너무도 절박하니까,
사랑할 시간이
모자라니까…

"왜 그래, 엄마?"
"나… 나도 못하겠다…."

시간은 미친 듯이 흘러가네,
난 시간을 멈추고 싶어

난 소리치고 싶어,

널 위로하는 건 바로 너야,

널 웃게 하는 건

내 눈물을 따르게 하는 건

관객들이 라이터를 켠 손을 높이 들어 올리고 리듬에 맞춰 흔들었다. 두 사람은 끝까지 그 노래를 들었다.

그래서 난 인생을 노래해

너에게 괜찮은 사람이 되기 위해

네가 날 자랑스러워할 수 있도록

아무도 그 이유를 몰라

네가 왜 그런지

왜 그런지

왜 그런지

하지만 날마다, 날마다

난 널 더욱더 사랑해

너무도 절박하니까

사랑할 시간이

모자라니까….

박수갈채가 터져 나오고 무대 위에 환한 조명이 다시 들어왔다. 갑자기, 합창단과 연주자들이 다음 노래 제목을 말했다.

"이 노래 어때, 엄마?"

푸티파르가 물었다.

"약간 유치한데… 뭔가 뭉클하긴 하다. 우리가 동생을 만나 봐서 그런지…."

푸티파르 부인은 주머니에서 손수건을 꺼내 눈시울을 훔쳤다.

"그럼 너는?"

"나도 마찬가지야…. 이제 어떻게 하지?"

푸티파르가 예상하지 못한 자신의 감정에 당황하며 툴툴거렸다.

두 사람 모두 말로 표현하지는 않았지만 같은 마음이 되어 쪽지가 가득 든 쓰레기봉투를 그 자리에 내버려 두고 트랩을 따라 계단을 내려왔다. 이번에는 운 좋게도 쉽게 길을 찾았다. 두 사람이 자신들의 자리에 가 다시 앉자, 그들 뒤에 앉은 어린 여자아이들이 "아, 안 돼. 맘모스들이 다시 돌아왔어!"라고 화내며 투덜댔다. 두 사람은 몸을 최대한 좌석 깊숙이 웅크리고 앉았다. 덕분에 콘서트가 끝날 때까지 더 이상의 불평은 들리지 않았다.

공연을 끝낸 오드리는 두 번이나 더 앙코르를 받고 무대 위로 다시 올라왔다. 그녀는 객석을 향해 키스를 날리며 사랑한다고 말했다. 관객들도 오드리에게 응답의 키스를 보내며 자신들도 오드리를 사랑한다고 외쳤다. 공연은 그렇게 끝이 났다.

푸티파르와 그의 어머니가 공연장을 간신히 빠져나와 신선한 바깥 공기를 마실 수 있게 되었을 때, 뒤에서 누군가가 그들을 불러 세웠다.

"선생님! 잠깐만요! 선생님이 포르티파르 씨 맞나요?"

그 말을 들은 로베르는 순간 가슴이 조마조마했다. 젠장, 들켰군! 결국 올 것이 오고야 말았다! 누군가가 철제 트랩 위에 있는 그들을 본 게 틀림없었다. 분명히 비닐봉지도 찾아냈을 것이다. 하지만 푸티파르는 그들이 자기 이름을 알고 있다는 사실에 놀랐다. 정확한 건 아니지만, 어쨌든 거의 비슷하게. 어떻게 하지? 그는 달아나서 사람들 사이로 몸을 숨길까 생각했다. 하지만 어머니가 따라오지 못할 게 분명했다. 로베르는 하는 수 없이 뒤돌아서서 물었다.

"무슨 일입니까?"

청바지에 티셔츠를 입은 젊은 남자는 어쩐지 로베르를 잡
으러 온 것 같아 보이지는 않았다.

"포르티파르 씨입니까?"

"포르티파르가 아니라 푸티파르입니다."

로베르가 자신의 성을 바로잡아 주었다.

"오드리가 선생님을 뵙고 싶어 합니다. 대기실에서 선생님
을 기다리고 있습니다. 저랑 같이 가시죠."

15

만남

그들은 공연장을 빠져나오는 사람들의 물결을 거슬러 공
연장 안으로 다시 들어갔다. 콘서트 홀 안에는, 이삼백 명의
여자아이들이 손에 수첩과 볼펜을 들고 사인을 받기 위해 오
드리가 나오기를 기다리고 있었다. 세 사람은 왼쪽으로 난 문
을 지나 낯선 복도를 따라갔다. 그 젊은 남자는 뒤돌아보지
도 않고 성큼성큼 앞장서 걸어갔다. 푸티파르는 3미터쯤 떨
어져 그를 뒤따라가고, 그의 어머니는 그들 뒤에서 종종걸음
으로 따라갔다.

"그 여자애가 널 무엇 때문에 만나고 싶어 하는 걸까?"

"나도 도통 모르겠어, 엄마….”

그들은 마침내 대기실이 죽 늘어서 있는 긴 복도에 다다랐다. 그곳은 아까와는 달리 도떼기시장처럼 아주 시끄럽고 혼잡했다. 연주자들, 무용수들, 합창단이 온 사방으로 분주하게 오가고 있었다. 웃음소리가 곳곳에서 터져 나오고 있었다.

"저 끝입니다."

그 젊은 남자가 말했다. ≪나도 알아요≫, 푸티파르는 하마터면 그렇게 대꾸할 뻔했다. 푸티파르는 오드리의 남동생이 자신들을 알아볼 거라는 걸 깨달았다. 자신과 어머니가 콘서트가 진행되는 동안 대기실에서 뭘 하고 있었는지 설명해야 할 터였다. 하지만 그것에 관해 고민할 새도 없이, 그 젊은 남자가 문을 가볍게 세 번 똑똑똑 두드렸다.

"오드리! 네 선생님을 모셔 왔어!"

초록색 가운을 입은 오드리가 이내 환하게 미소 지으며 그들을 향해 달려 나왔다. 그녀는 방금 막 샤워를 한 게 분명했다, 그녀의 금발이 아직도 젖어 있었다.

"아, 푸티파르 선생님, 정말 기뻐요! 들어오세요! 사모님도 들어오시고요!"

로베르와 푸티파르 부인은 좀 더 걸어 들어갔다. 천만다행히도 동생이 그곳에 없었다. 오드리가 그들 뒤를 눈으로 헛

되이 찾았다.

"아이들은 어디 있어요? 두 분… 뿐이세요?"

"그래… 어른들끼리 오는 경우는 없나 보지?"

어색한 표정으로 푸티파르가 대답했다.

그의 어머니가 그를 도와주기 위해 나섰다.

"난 푸티파르의 엄마예요. 우린 아가씨 음반을 모두 갖고 있어요. 그리고 아가씨 노래들을 아주 좋아해요."

오드리가 푸티파르 부인에게 환한 미소를 건넸다.

"정말요? 제 음반을 전부 다요? 제 음반은 한 장뿐인데…. 물론 아시겠지만. 어쨌든 고맙습니다. 너무 감동이에요. 사람들은 제 노래가 열한 살짜리 여자애들이나 좋아할 노래라고 대체로 그렇게 생각하거든요. 그게 틀렸다는 걸 두 분이 증명해 주셨어요! 그건 그렇고, 좀 앉으세요…. 뭐 마실 거라도 드릴까요? 과일주스도 있고, 원하신다면 샴페인도 있어요…."

그들은 오드리가 낮은 탁자 위에 직접 따라 준 오렌지주스로 만족했다.

"어떻게 나를 알아봤지?"

푸티파르가 물었다.

"콘서트 하는 동안 공연장 안이 조명으로 환하게 밝을 때가 많잖아요. 게다가 두 분은 키가 아주 크시잖아요…. 선생님이 앉아 계시는 걸 보고 엄청 감동받았어요. 10년 만이죠, 그죠?"

"11년, 11년이야. 네가 4학년일 때였으니까…."

푸티파르가 차분한 목소리로 정정해 주었다.

"맞아요. 4학년 때… 아직도 학교에 계세요?"

"아니, 얼마 전에 퇴직했어. 네가 가수로 데뷔한 바로 그해에 나는 선생 짓을 그만뒀지…."

"그랬군요. 그래서 서로 엇갈렸군요…."

그들은 진심으로 함께 웃었다. 감동으로 넋이 나간 몇몇 여자아이들이 운 좋게 대기실 안으로 들어왔다. 오드리는 그 아이들의 사진 앨범에 사인을 해 주고, 아이들 한 명 한 명에게 진심에서 우러나온 미소로 화답했다.

"전 아이들을 무척 좋아해요…."

다시 오드리와 푸티파르 모자만 남게 되자, 오드리가 말했다.

"아가씨가 아이들을 좋아하는 것만큼 아이들도 아가씨를 엄청 좋아하네요…."

푸티파르 부인이 말했다.

그들은 몇 분 동안 이런저런 얘기를 나눴다. 오드리는 고

달픈 순회공연들, 녹음, 라디오와 텔레비전의 끊임없는 출연 요청, 어마어마한 우편물들에 관한 얘기까지 했다. 하지만 동생 이야기는 꺼내지 않았다.

"그런데 선생님은요?" 그녀가 느닷없이 물었다. "퇴직하셨는데 뭐 하며 지내세요?"

"음, 그러니까… 나는… 난 독서도 하고… 산책도 하고….

"어쨌든, 선생님을 다시 만나 뵈어서 정말 기뻤어요. 선생님은… 정말 좋은 선생님이셨어요….

오드리의 말에 푸티파르는 목이 메는 것 같았다. 《좋은 선생님….》 그는 좋은 선생님이 아니었다. 결코. 그건 본인이 더 잘 알고 있었다. 하지만 지금 이 순간, 로베르는 오드리의 말대로 자기가 좋은 선생님이었던 게 사실일 수만 있다면 어떤 대가라도 치를 수 있지 않을까 싶었다. 하지만 때가 너무 늦었다….

오드리가 자리에서 일어났다.

"죄송해요, 스텝들과 레스토랑에서 저녁 약속을 해 놔서요."

"이 시간에 저녁을 먹어요?"

푸티파르 부인이 놀라서 물었다.

"보시다시피… 가수라는 직업이 워낙 들쑥날쑥 생활이 불규칙해서요."

오드리는 두 사람을 문까지 배웅했다. 그리고 악수를 청했다.

"다음번 앨범이 나오면 댁으로 보내 드릴게요!"

"고마워요, 아가씨! 손꼽아 기다리고 있을게요."

"그리고 콘서트 티켓도요. 제가 내년에도 여기서 또 공연하게 된다면!"

"고마워요!"

로베르와 그의 어머니가 복도 끝으로 사라질 무렵, 오드리가 다시 한번 그들을 불러 세웠다.

"푸티파르 선생님!"

그가 뒤돌아보았다.

"응?"

오드리가 아무 말도 안 하고 가만히 서 있었기에, 로베르는 그녀에게로 다시 걸어갔다. 아주 가까이 다가서자, 두 사람의 키 차이가 엄청나 보였다. 오드리는 아주 어린 여자애 같아 보였다. 오드리가 로베르를 향해 고개를 들었을 때, 로베르의 눈에 오드리의 얼굴이 변한 게 보였다. 오드리는 눈물을 글썽이고 있었다.

"무슨 일이죠?"

푸티파르가 물었다.

"있잖아요….."

오드리는 머뭇머뭇 망설이다 간신히 말을 꺼냈다.

"제가… 선생님도 잘 아시겠지만… 제가 그랬어요…. 그 반지…. 선생님을 뵙고 싶었던 건 그 얘기를 하고 싶어서였어요. 하지만 선생님 어머니가 계셔서 차마 그 얘기를 꺼낼 수 없었어요…."

로베르는 뭐라고 말해야 할지 알 수 없었다.

"죄송해요…. 저는 정말 대책 없는 말썽쟁이였어요…. 그 당시엔 너무 철이 없어 몰랐어요…. 저 때문에 선생님이 아주 많이 힘드셨겠죠, 분명히…."

한 무리의 젊은이가 그들 옆으로 지나가며 물었다.

"오드리, 너도 갈 거지? 어서 가자."

"금방 갈게!"

오드리는 그들이 멀어지기를 기다렸다가 다시 말했다.

"그때 그 일이 계속 저를 따라다녔어요. 그때 그러지 말았어야 했는데… 왜 제가 그런 짓을 했는지 모르겠어요…. 그 이후로 그 일에 관해 그 누구에게도 말하지 못했어요. 선생님은요? 아, 아무 말이라도 해 주세요, 선생님. 제발…."

"그래, 나도 아무에게도 말하지 않았어. 물론 우리 어머니한테는 했지만. 그 일은 우리 둘만의 비밀이야. 사람은 누구나 비밀을 갖고 있잖아?"

로베르가 진지하게 대답했다. 오드리가 고개를 끄덕였다. 그래서 로베르가 이렇게 덧붙였다.

"네 노래는 정말 좋더구나. 특히 피아노 반주에 맞춰 부른 그 노래…."

그 말에 오드리의 두 눈에 눈물이 그렁그렁 맺혔다.

"그건 제 동생을 위한 노래예요. 그 앤 지금 아홉 살인데, 병을 앓고 있어요."

"알아, 말 안 해도 다 알고 있어."

푸티파르가 말했다. 그 말에 오드리는 깜짝 놀란 것 같았다. 복도 저 끝에서 다시 한번 그녀를 부르는 소리가 들렸다.

"오드리, 빨리 오지 않고 뭐 해?"

오드리와 로베르는 잠시 말없이 그대로 서 있었다. 마침내 오드리가 침묵을 깨고 입을 열었다.

"반지는… 음… 이제는 돌이킬 수 없는 일이 돼 버렸지만… 저… 저…."

오드리가 차마 꺼내지 못한 말이 푸티파르의 입에서 저절로 튀어나왔다.

"용서해 줄게."

"정말요? 정말로 절 용서해 주시는 거예요?"

"그래, 정말로. 그러니 이제 어서 가 봐, 음식이 다 식어 버리겠다….''

푸티파르는 자신이 아주 편하게 오드리와 얘기하고 있다는 걸 새삼 깨달았다. 마치 자기 눈앞에 있는 사람이 예전의 그 초등학교 4학년 여자아이인 것처럼.

"고맙습니다. 선생님 볼에 키스해도 될까요?''

푸티파르가 오드리의 키에 맞춰 몸을 한껏 낮추어 주자, 그녀가 그의 두 뺨에 존경의 뜻을 담아 입을 맞추었다.

"푸티파르 선생님, 전 선생님을 죽을 때까지 절대로 잊지 못할 거예요. 선생님은 아주 훌륭한 스승이었어요. 그리고 아주 멋진 분이고요.''

오드리는 대기실로 돌아가 문을 닫았다. 푸티파르는 복도 끝에서 초조하게 두 사람을 지켜보고 있던 어머니에게로 돌아갔다.

"그래, 로베르, 어떻게 됐니? 그 애가 너한테 뭐라고 하던?''

"내 볼에 키스하고 싶다고 했어요, 엄마도 봐서 알잖아요!''

"그래, 아주 오랜 세월이 걸리긴 했지만 결국 선생님 대접을 받게 되었구나!''

뒷이야기

돌아오는 길에 푸티파르의 노란색 시트로엥은 고속도로 오른쪽으로 딱정벌레처럼 바짝 달라붙어 캄캄한 어둠 속을 힘차게 달렸다. 구름 한 점 없는 밤하늘에는 촘촘히 박힌 수많은 별들이 반짝였다. 핸들을 잡고 있는 로베르 푸티파르의 마음은 날아갈 듯 가볍고 편안했다. 가슴 속에 응어리진 울분이 말끔히 사라진 듯했다. 그는 자기 자신을 사랑하게 되었을 뿐만 아니라 이 세상 그 누구라도 이해하고 받아들일 수 있을 것 같았다.

"엄마, 자는 거야?"

푸티파르 부인은 구겨진 외투에 머리를 기댄 채 눈을 감고 있었다.

"아니, 로베르, 안 잔다."

"무슨 생각을 하세요?"

"네 불쌍한 아버지 생각. 네 아버진 은퇴하면 신나게 여행 다닐 거라고 입버릇처럼 말했지…. 그리곤 날 두고 혼자서 훌쩍 먼 여행을 떠났어…."

"엄마, 우리 둘이서 함께 여행 갈까? 엄마 생각은 어때?"

"그거 좋은 생각이구나. 움직여야 해…. 그 애 노래에도 그런 가사가 있잖니? 그대로 머물러 있으면 안 돼…. 움츠러들지 말고 나아가야 해…."

"꿈을 꿔야 해…."

푸티파르가 이어받았다. 두 사람은 너무 많이 불러 저절로 외워 버리게 된 오드리의 노래를 함께 불렀다.

"그런데 어디로 갔으면 좋겠어? 특별히 가고 싶은 데 있어요?"

푸티파르가 물었다.

"글쎄다? 르 페리고르 는 어떨까?"

"아름다운 풍경이 보고 싶어서?"

"그래, 로베르. 풍경도 그렇고, 거기 유명한 거위 간 파이도 맛보고 싶구나."

---

* 르 페리고르 : 프랑스 남서부의 유적지, 농장, 와이너리 등의 관광 명소와 푸아그라 등의 지역 특산품으로 유명하다.

다음 날 아침, 푸티파르는 새벽 일찍 눈을 떴다. 어머니는 아직 자고 있었다. 그는 잠옷 바람으로 서재로 살그머니 들어가서 서랍에서 복수 노트를 꺼내 반으로 쫙 찢어 휴지통에 쑤셔 넣었다. 그런 다음 나무 발판을 딛고 올라서서 선반 위에서 〈사진〉이라는 이름표가 붙은 종이 상자를 끌어 내렸다. 그리고 서재 소파에 편안하게 자리 잡고 앉아, 오드리의 시디를 나지막하게 틀고 서른일곱 장의 단체 사진을 한 장 한 장 꼼꼼히 들여다보았다. 자신이 담임을 맡았던 수많은 아이들을 하나하나 살펴보았다. 키가 큰 아이들과 작은 아이들, 뚱뚱한 아이들과 빼빼 마른 아이들, 여자아이들과 남자아이들, 모범생들과 말썽꾸러기 녀석들, 활짝 웃고 있는 수많은 얼굴을 단 하나도 빼먹지 않고 하나하나 들여다보았다. 그리고 깨달았다. 이제껏 그의 굳은 믿음과는 달리 그 얼굴들은 자신을 놀려 대고 있는 게 아니라는 사실을. 오히려 하나같이 다정하고 솔직해 보였다. 모두가 그에게 이렇게 말하는 듯했다.

"푸티파르 선생님. 선생님의 정년퇴직을 진심으로 축하드립니다!"

어른 아이가 아이 어른을 만났을 때

'프랑스 청소년의 파울로 코엘료'라 불리는 위대한 이야기꾼 장 클로드 무를르바의 『로베르 선생님의 세 번째 복수』는 유쾌하고, 엉뚱하고, 발칙하며, 무엇보다 한번 읽기 시작하면 그다음 내용이 궁금해서 손에서 뗄 수 없는 흥미진진한 이야기입니다. 물론 이 작품은 마냥 신나고 즐거운 내용만을 담고 있지 않습니다. 권위적인 교사와 위선적인 교장은 아이들의 눈에 비친 부정적인 어른의 모습을 보여 주고, 아이들의 기기묘묘한 장난과 괴롭힘은 학교생활의 신나고 즐거운 면보다는 끔찍하고 잔인한 면을 보여 줍니다. 하지만 장 클로드 무를르바는 그것들을 어둡게만 묘사하지 않습니다. 상식적으로 도저히 있을 수 없을 듯한 사건들을 끊임없이 펼치면서 우리의 웃음을 자아낼 뿐만 아니라, 아이들의 마음을 완벽하게 그려 냄으로써 오히려 우리로 하여금 가장 순수하고 아름다웠던 그 시절을 그리워하게 합니다. 게다가 우여곡

절 끝에 모두가 행복을 찾아가는 따뜻한 결말에서도 우리는 작가의 긍정적인 세계관을 읽을 수 있습니다. 물론, 그 지점에 도달하는 과정은 그리 간단하지 않습니다. 그 과정은 마치 누군가가 '쫘당' 하고 넘어지는 광경을 보면서 깔깔대며 웃는 슬랩스틱 코미디처럼 독자에게는 한바탕 웃음을 선사하지만, 주인공 로베르 푸티파르에게는 처절하고 고통스럽기만 합니다(게다가 그 아픈 기억들은 그에게 평생 씻지 못할 상처로 남게 되지요). 우리는 그 미묘한 층위를 잘 살펴볼 필요가 있습니다.

우리의 주인공 로베르 푸티파르가 힘들고 불행한 인생을 만난 것은 그가 사회와 관계를 맺기 시작한 그 순간부터였습니다. 엄마 아빠의 품 안에서 지내던 안전하고 평화로운 시절은 그가 유치원에 다니는 나이가 되면서 막을 내리고 마니까요. 웬일인지 로베르는 처음부터 다른 아이들과 잘 어울리지 못합니다. 아이들은 그를 놀리고 비웃고, 잔인할 정도로 못살게 굽니다. "유치원부터 초등학교를 졸업할 때까지 8년 동안 단 하루도 빠짐없이 뺨에 생채기가 나거나 다리에 멍이 들거나, 셔츠가 얼룩으로 더럽혀지거나 찢어지거나, 스웨터의 올이 풀려 허리 부분까지 훤히 드러나거나 챙 모자가 너덜너덜하게 뜯어진 채로 집으로 돌아"오곤 했습니다.

그가 "겁이 많고 몸도 약한 데다, 키도 다른 아이들보다 머리통 반 정도가 작고, 싸우는 기술을 가르쳐 줄 형도 누나도 없는 아이", 어리숙하고 수줍음이 많고 자신감이 떨어지는 아이였기 때문일까요? 예, 아이들은 자신과 다른 아이 또는 달라 보이는 아이를 좋아하지 않습니다. 아이들은 '다름'을 받아들이지 못합니다. 그것도 자신들보다 더 잘나고 뛰어난 게 아니라 자신들보다 못나고 약해 보일 경우, 그 '다른 아이'를 따돌리고 괴롭힙니다.

로베르 푸티파르도 그런 아픈 상처를 안고 자라나 정상적인 어른이 되지 못합니다. 나이가 들며 점차 다른 아이들보다 덩치가 훨씬 더 커지고 살집이 붙었지만, 어린 시절의 그 로베르 푸티파르에서 벗어나지 못합니다. 어릴 때 왕따를 당했던 그 지옥 같은 경험이 그의 미래를 결정한 것입니다. 로베르는 자신감 대신 앙심만 점점 더 키웠고, 오로지 못된 아이들에게 '본때를 보여 주기' 위해서 교사가 되기로 마음먹습니다. 자신이 당한 것을 그대로 되갚아 주고 말겠다는 꿈을 간직하는 것, 그것은 정상적인 어른의 태도가 아닙니다. 교사로서는 더더욱 품어서는 안 될 꿈입니다.

자신의 생각과는 달리 교사가 되어서도 오히려 학생들에게 계속 당하기만 하는 우스꽝스럽고 처참한 상황들이 이어집니다. 그럼에도, 로베르 푸티파르는 자신의 꿈을 계속 밀고 나갑니다. 교사가 학생을 체벌할 수 없는 세상이 왔다면, 교사직을 그만둘 때까지 기다려서라도 그 꿈을 기필코 실현시키고 말 거라고 생각합니다. 그의 인생 전체는 그 빗나간 꿈 하나가 전부가 되다시피 했습니다. 거기에 그의 어머니 푸티파르 부인도 아들을 말리기는커녕 오히려 부추깁니다. 두 사람 모두 어리석은 어른 아이들 같습니다. 그들은 그 아이들이 왜 그런 행동을 한 것인지, 그리고 그 아이들이 자라서 어른이 된 지금 그때의 그 행동들에 대해 어떤 생각을 갖고 있을지, 그들이 어떻게 변하고 성장했을지, 수십 년이 지난 지금 그 복수를 실현하는 것이 과연 어떤 의미가 있을지… 같은 것들에 대해서는 조금도 생각해 보려 하지 않습니다.

게다가 자신과 결혼할 뻔한 애녀렐 선생과의 반지 사건에서도, 애녀렐 선생의 오해를 풀려는 노력조차 하지 않고 약혼반지에 엉뚱한 이름을 새기게 한 범인을 찾아 복수하겠다는 생각만 합니다.

뿐만 아니라, 자신의 복수 때문에 난데없이 피해를 입어야 하는 무고한 사람들에 대해서는 신경조차 쓰지 않습니다. 피에르 이브 르캉에게 복수하기 위해 그의 레스토랑을 엉망진 창으로 만들 때 다른 손님들과 직원들이 겪는 공포나 고통은 그에게 그저 즐거운 광경일 뿐입니다. 쌍둥이 기요 자매의 미용실 개업식 날 그 구역질나는 쓰레기 더미를 별안간에 뒤집어쓴 초대 손님들은 또 무슨 잘못일까요? 타인의 입장을 생각해 보는 것, 그들의 머릿속에는 아예 그런 생각 자체가 들어설 공간이 없는 듯합니다. 그저 끊임없이 현재 진행 중인 원망과 분노, 복수심으로 가득 차 있으니까요. 그들은 오로지 자기중심적인 어린 아이들에 지나지 않으니까요. 그들은 겉모습만 늙었을 뿐, 수십 년 전 그때의 그들로 멈추어 있으니까요. 그리고 복수심에 눈이 먼 그들은 이미 피해자가 아닌 악랄한 가해자로 변해 버렸습니다.

그는 자기 반 아이들을 선생님의 눈으로 바라보는 게 아니라, 어린 왕따 로베르 푸티파르의 눈으로 노려봅니다. 장난꾸러기 아이들이 별 생각 없이 저지른 장난들을 매끄럽게 받아넘기지 못하는 건, 그가 겉보기와는 달리 아직 어린 아이이기 때문입니다. 선생님이 되어서도 구구단도 제대로 외우지 못하는 것처럼, 그의 정신연령 또한 자기 반 아이들과 비슷하거나 그것보다 더 어립니다. 그는 유치원과 초등학교 시절에 그랬던 것처럼 지금도 엄마에게 모든 것을 기대고, 일러바치고, 지시를 받는 마마보이처럼 행동합니다. 모든 것을 너무 빨리 포기하고 너무 쉽게 자책하기 때문에, 조금만 차분히 생각해 보면 간단히 해결할 수 있는 문제들도 스스로 점점 더 꼬이게 만들어 버리고, 그럼으로써 타인들에 대해 더욱더 깊은 원망을 품게 되는 어리석은 악순환에 빠집니다. 사실, 로베르 푸티파르가 어른이 되어서도 그처럼 자율적으로 행동하지 못하고 어른 아이처럼 구는 것은 지나치게 허용적인 동시에 간섭적인 태도로 늘 아들을 과잉보호해 온 푸티파르 부인의 양육 방식 때문이라고도 할 수 있습니다. 하지만 극적으로, 이 비정상적인 엄마 푸티파르 부인도 아들 로베르와 함께 마지막 부분에 우연히 누군가를 만나면서 정상적인 엄마, 정상적인 어른의 모습을 보여 주게 됩니다. 바로 오드리의 공연장에서 만난 어떤 아이 어른 덕분에요.

그 아이는 로베르와는 비교도 안 될 만큼 심하게 '다른 존재'입니다. 무리들과 너무도 다르기 때문에, 아예 무리 속으로 들어갈 시도조차 하지 못하는 그런 약하디 약한 아이이니까요. "새부리 같은 코, 뭉개진 턱, 파리한 입술, 그리고 가느다란 뼈에 간신히 붙어 있는 살가죽….." 그 아이는 학교에 다니지도 못하고, 공연장 안에서 다른 아이들과 함께 공연을 보지도 못합니다. 사랑하는 누나 오드리가 그를 위해 부르는 노래조차 대기실 화면을 통해 보고 들을 수밖에 없습니다. 그 아이는 어쩌면 로베르 푸티파르의 분신인지도 모릅니다. 겉모습은 늙었지만 실제로는 어린 아이에 불과한 그 외톨이 아이에게서 로베르 푸티파르는 자신의 모습을 보았을 것입니다. 그리고 복수심만 키워 오다 보니 어느새 자기를 닮은 약한 존재를 괴롭히는 사람이 되어 있는 자기 모습을 깨닫고 소스라치게 놀랐을지도 모릅니다.

쭈글거리며 흘러내리는 살갗과 굽은 등, 일그러진 얼굴의 한없이 약한 존재 앞에서 로베르와 그의 어머니는 은연중에 연민을 느낍니다. '연민', 그것은 그들에게 너무도 낯선 감정입니다. 지금까지 그들은 언제나 괴롭힘을 당하는 자신들에게만 수없이 연민을 느꼈지만, 타인을 향해서는 한번도 그런 감정을 느낀 적이 없으니까요. 자기보다 더 약한 외톨이를 불시에 맞닥뜨린 그 충격적인 경험, 그것이 그동안의 모든 분노와 앙심을 한순간에 녹여 버립니다. 로베르 푸티파르는 자신이 꿈꾸던 최고의 복수가 무의미함을 깨닫고, 자신을 평생 결혼 한 번 못한 채 늙게 만든 원수 같은 오드리를 용서합니다. 생각의 방향을 돌리자, 반성과 용서, 그리고 화해가 아주 빠르게, 자연스레 이루어집니다.

타인의 입장에서 생각해 보고 타인을 이해하려는 태도를 가진 사람, 우리는 그 사람을 '어른'이라고 부릅니다. 예순 살이 다 되도록 계속 어른 아이로 머물러 있던 푸티파르는 그아이 어른을 만나고 나서 비로소 어른이 되려 합니다. 어른이 되는 것은 나이와는 아무런 상관이 없습니다. 예순 살, 여든여덟 살이라 해도, 사람들의 악한 면보다는 좋은 면을 보기로 하고 스스로 행복해지기로 마음을 바꾸기에는 결코 늦은 때가 아닙니다. 로베르 푸티파르와 그의 어머니처럼 사람은 언제든 변할 수 있습니다. 아마도 푸티파르는 이 책이 끝난 뒤에도 점점 더 어른이 되어 갈 것입니다. 진정한 어른으로 말입니다.

장 클로드 무를르바는 『로베르 선생의 세 번째 복수』를 시작하기 전에, 이 이야기를 '코미디'라고 불렀습니다. 하지만 이 소설은 단순히 우스꽝스럽기만 한 코미디가 아닙니다. 물론 재미있는 이야기임에는 분명하지만, 그 이면에 우리 모두가 가만히 들여다보고 생각해 봐야 할 아주 슬프고 심각한 주제가 있습니다. 우리는 푸티파르를 괴롭히는 아이들에 속할까요? 아니면 괴롭힘을 당하는 푸티파르에 속할까요? 괴롭히는 아이들은 왜 누군가를 괴롭히고, 괴롭힘을 당하는 아이들은 왜 괴롭힘을 당하는 것일까요? 당한 만큼 갚아 주려는 푸티파르가 더 행복할까요, 아니면 이면을 들여다보고 이해하고 연민하는 푸티파르가 더 행복할까요? 우리는 어떤 아이들이고 어떤 어른들일까요? '그때 그 아이는 왜 그랬을까? 지금 이 사람은 왜 이런 행동을 하는 걸까? 내가 그를 오해한 건 아니었을까? 너는 왜 그녀의 오해를 풀려는 노력을 하지 않았을까?…' 이런 의문들을 자꾸만 캐내어 답을 구하려 할 때, 많은 악의는 지워지고 세상은 점점 평화와 사랑으로 채워지지 않을까요?

윤미연